集英社オレンジ文庫

恋衣神社で待ちあわせ

櫻川さなぎ

目次《もくじ》

イラスト／黒裄

恋衣神社で待ちあわせ
◆Koigoromo Jinja de machiawase◆By Sanagi Sakuragawa
◆櫻川さなぎ◆

小さな謎にはいつだって、誰かの恋心が絡んでる。

プロローグ

この緩《ゆる》い坂道を登り切ったところに、恋衣《こいごろも》神社はある。

ずしりと重いレジ袋を左手に持ち替えると、右手の指先にじわりと血流が戻るのを感じた。丸々と太った鯛を丸ごと、大きめの保冷剤と一緒にぶら下げているわけだけれど、不思議と足取りは軽かった。坂道を草履《ぞうり》で踏みしめ、緋袴《ひばかま》の裾《すそ》を蹴《け》りながら一歩一歩登っていく。

春まつりのために注文しておいた鯛は、商店街の魚屋さんが朝早く市場で買い付けてきてくれたものだ。産卵が近づくと身体が赤く色づくため、この時期の真鯛を特に〝桜鯛〟と呼ぶらしい。新鮮で、色も綺麗で、最近仕入れた中では五本の指に入るほどの大物だと、おじさんが誇らしげに言っていた。

道沿いには、地元の氏子《うじこ》さんたちの手を借りて立てた春まつりの幟《のぼり》が気持ちよさそうにはためいている。

今ごろ、社務所《しゃむしょ》の和室にはまつりに参加する氏子さんたちが集まり始めているだろう。神様にお供えするためのお米、お酒、そして果物や野菜などはすでに拝殿《はいでん》の前に運ばれているはずだ。あとはこの「海のもの」が揃えば祭壇《さいだん》は完成する。

この立派な鯛を見たら、みんなどんな顔をするだろう。想像しただけで自然と頬が緩んだ。湧き上がるワクワクに背中を押され、少しスピードアップを図ろうと、もう一度レジ袋を持ち替える。

足に力を込めて歩幅を大きくしたところで、後ろからスクーターの音が聞こえてきた。

道の端に寄ってやり過ごそうとしたけれど、のろのろと徐行しているようで、なかなか追い抜いてくれない。

——これって、もしかして……。

アッシュブラウンの前髪の向こうに覗く、どこか澄ました笑顔を思い浮かべる。きっといたずらのつもりだ。あえて振り向かず、さらに足を速めると、スクーターもエンジンを吹かし、スピードを上げた。

「ねー、そこの巫女《みこ》ちゃん」

聞き慣れた声が背後から呼びかける。

「重そうだね、その桜鯛。よかったら運んであげよっか」

笑いを堪《こら》えながら知らんぷりしていると、しびれを切らしたのか、スクーターがスピードを上げ追い抜いていった。少し先でブレーキを掛け、こちらを振り向く。

「大物の桜鯛と、あと可愛い巫女ちゃんの一人くらいなら乗せられそうなんだけど」

真っ白な白衣《はくえ》に鮮やかな浅葱《あさぎ》色の袴。スクーターに跨《また》った若い神主《かんぬし》は「おいで」と真っ直ぐこちらに手を伸ばした。

秋葉原《あきはばら》の街で初めて出逢った、あの時と同じ笑顔で。

恋ノ神と招かれざる客

◆Koigoromo Jinja de machiawase◆By Sanagi Sakuragawa

1

通りの向こうで信号待ちしている独眼の忍者が欠伸《あくび》をすると、チェシャ猫を抱いた不思議の国のアリスがその隣でさらに豪快な欠伸をした。

比喩ではない。夢の話でもない。この街ではさして珍しい光景ではないのだ。ちなみにこの時、欠伸の伝染を目撃した猫牟田《ねこむた》すず自身も、まったく脈絡ない巫女《みこ》の格好をしていた。

秋葉原《あきはばら》の街は、休日の昼前だというのにすでに活気を帯び始めている。駅のほうからやって来る人たちが赤信号に堰《せ》き止められ、車の往来の向こうで徐々にその数を増やしていく。すずは反対側の歩道に佇み、やや緊張した面持ちでその面々を見渡していた。

ごく普通の通行人の中には、忍者やアリスの他に、ゴスロリメイド服の男性、軍服の麗人なども紛れている。少し離れたところには銀色のヘルメットを被った神主《かんぬし》の姿もある。浅葱《あさぎ》色の袴《はかま》が遠目にも鮮やかに映った。

今日はどこかで大きなコスプレイベントでもあるのだろう。それとも週末には当たり前に見られる光景なのだろうか。都内に住んではいるものの、生まれて初めて休日の秋葉原駅に降り立ったすずにはわからなかった。

やがて、中央通りを往来する車の流れがゆっくりと停止する。

いよいよだ。

すずは息を詰め、身構えた。間もなく変わるであろう歩行者信号の赤色を見据える。あれが青になったら足を前に進めなくては。対岸から押し寄せる人混みに分け入り、そして渡すのだ。臆《おく》することなく胸を張り、誰彼かまわず次々と差し出すのだ。通行人に、――このポケットティッシュを。

高校生になったばかりのすずにとって、今回が人生初のアルバイトであり、そして今日がその初日だった。

この衣装はバイト先である『巫女かふぇ♡恋衣《こいごろも》神社』のユニフォームだ。コスプレ用とはいえ素材も仕立ても意外と本格的で、袴の鮮やかな赤色は一目で気に入ったし、着心地も悪くなかった。以前から巫女装束には淡い憧れがあった。そう。これは自ら着てみたいと願っていたものだ。望みは叶った。ただし、――ここが秋葉原の街頭でなければ。

歩行者信号が青に変わる。人の波がのんびりと動き出す。すずは短く深呼吸をし、薬用リップクリームを塗っただけの唇をきつく結んだ。いざ、決戦の場へ。気合いを入れ、草《ぞう》履《り》を履《は》いた足を大きく一歩踏み出したところで、

「ちょっと待った、そこの巫女さん」

「……」

せっかく出陣しようとした出ばなをくじかれ、渋々振り向く。そのすずよりさらに渋い

顔で立っていたのはドラッグストアのエプロンをつけたおじさんだった。銀色の筋が何本も走った頭を掻《か》き、申し訳なさそうに手刀《てがたな》を切る。

「ごめんね、ここらへんでチラシ配りは困るんだ。お店のまん前だから。悪いんだけど余《よ》所《そ》でやってくれる？」

「……」

おじさんの頭上に『薬』という巨大な立体看板が見えた。店頭には詰め替え用シャンプーや防臭スプレーなどがずらりと並べられ、ガラス壁には色とりどりのポスターと一緒に、『キャットバームの返品については直接製造元にご連絡ください！』という注意書きが大きく貼り出されている。

「すみません……」

ぺこりと頭を下げ、ポケットティッシュの入ったカゴを抱え直してすごすごと移動を始める。よほど意気消沈して見えたのか、背後からもう一度「ごめんね」というおじさんの声が聞こえた。

サイズの大きすぎる草履を引きずりながら歩くすずを、横断歩道を渡ってきた歩行者たちが追い抜いていく。ふと顔を上げると、ステージ衣装を着たコスプレ少女たちがこちらを振り返り、顔を寄せてくすくす笑っていた。

ニーハイが食い込んだ柔らかそうな太ももたちを見送り、逃げるようにドラッグストアの脇道に入る。少し進んだ所にジュースの自動販売機を見つけ、すずは足を止めた。

――こんなはずじゃなかったのに。

ディスプレイに並ぶジュースのパッケージを見上げる。ミルクティの下に表示された〝あったか～い〟という文字がじわりと滲《にじ》んだ。あ、いけない。泣いてしまう。

こんなはずじゃなかった。心の中で繰り返すとますます涙腺が危うくなる。泣いてもどうにもならない。わかっているのに目頭の熱がうまく制御できない。

『はいこれ、二百個ね。配り終えたら戻ってきて。がんばってね、すず』

当然のように名前を呼び捨てにしてきた金髪の店長は、膝の上に先輩バイトの巫女を座らせた状態でそう言った。わけがわからないまま店を出てしばらく歩いてから、二人でイチャイチャするために自分が追い出されたのだと気づいた。

配る場所の指示もなくポンと渡された山盛りのポケットティッシュはまだひとつも減っていない。当然だ。道端でもじもじと片手を突き出しているだけでは、ティッシュを受け取ってもらうどころか存在にさえ気づいてもらえない。負けるわけにはいかないと自分を奮い立たせ、挑もうとした横断歩道突入作戦だったがそれも頓挫《とんざ》してしまった。

手のひらで涙をごしごしと擦《こす》り、ずずっと鼻を啜《すす》る。泣くな。誰のせいでもない。アルバイトをしようと決めたのはほかでもない、自分自身なのだから。

『あなたには無理じゃないかしら、アルバイトなんて。思っているほど世間は甘くないのよ？』

すずの反抗心を見透かしたような、柔らかな微笑み。——ほらね、だから言ったじゃない。世間知らずの箱入り娘に自力で何ができるっていうの——耳元で囁《ささや》かれたような気がした。胸がミシリと音を立てる。

——やはり、途中で投げ出すわけにはいかない。

すずはポケットティッシュを一個取り出し、封を切った。涙を拭い、やけくそ気味に勢いよく鼻をかむ。

気合いを入れ直し、カゴをよいしょと持ち替えて元来た道を戻る。とりあえず駅前に行ってみよう。あの辺りなら他にもビラ配りをしている人がいるはずだ。ティッシュを受け取ってもらえるコツも学べるかもしれない。

中央通りに戻ってみると、歩行者信号は赤だった。横断歩道の手前に立って信号が変わるのを待っていると、行き交う車の流れの向こうで何かがきらりと光った。

——あの人、まだいる。

爽《さわ》やかな浅葱色の袴。先ほど見かけた神主だ。

正確に言えば、あまり似合わない神主の衣装を纏《まと》った若い男。コスプレとしては残念ながら成功とは言えないだろう。頭に載った銀色のヘルメットには大きなゴーグルがついていて、どうやらそのレンズが太陽光を反射したらしかった。

待ちあわせでもしているのか、退屈そうな様子でスクーターのシートに腰かけている。何となく目を離せず、その姿をぼんやり眺めている時だった。

すぐ傍《そば》で、パシャリ、とシャッター音が弾けた。

「……？」

音の聞こえた方向に首をゆっくりと巡らせる。すずと同じく信号待ちをしている人たちが道路に向かって立っている。

難しい顔でパンフレットのようなものを眺めるおじさん。黒いリュックを背負った小太りの若い男。手鏡を覗き込んでしきりに前髪を気にしているツインテールの女の子。

誰の手にもカメラはない。しばらく辺りを見回してから、気のせいか、と再び視線を前方に移すと、ちょうど歩行者信号が青に変わったところだった。流れに従って足を踏み出す。横断歩道の中ほどに差し掛かったところで、突然目の前に誰かが立ちはだかった。

――パシャリ。

不意打ちだった。こちらを見下ろすスマホの小さなレンズ。動けずに目を丸くしているところにもう一度、正面からシャッター音が響く。すずが反応する暇《いとま》も与えず、相手はくるりとこちらに背を向けた。背負われた黒いリュックが足早に遠のいていく。

――え……。

すぐには動けなかった。取り残されたまま、横断歩道の真ん中に立ち尽くす。やがて思考が追い付き、無断で巫女姿の写真を撮られたのだという状況を把握した。嫌悪感が足元から一気に這《は》い上がり、そして同時に別の問題に気づく。

写真を撮られただけならまだいい。けれどそれをネットにでも上げられたらどうなるか。困る。学校にばれたら大変だ。許可を得ずにアルバイトをすることは校則で固く禁じられている。親を呼び出されて厳重注意、最悪の場合停学になるかもしれない。そんなことになったら、それこそ――。

〝ほらね、だから言ったじゃない〟

かぶりを振って、耳元を掠《かす》めた声を振り落とす。追いかけて今すぐ画像を消してもらわなければ。

黒いリュックはだいぶ先に行ってしまった。カゴを肘に提げ、緋袴《ひばかま》を両手で引き上げて慣れない草履でぴょこぴょこと駆け出す。やっとの思いで横断歩道を渡り切り、すずは叫んだ。

「待ってください、困ります、写真――」

黒リュック男が驚いて振り向く。すずが追ってきていることに気づくと、まるで怖いものを見たかのように身を竦《すく》ませ、じりじりとあとずさりを始めた。逃げる気だ。

「待っ――」

呼び止めようとして、すずははたと口をつぐんだ。身を翻《ひるがえ》して駆け出そうとしたリュック男。その向こうに綺麗な浅葱色が重なって見えた次の瞬間、男の身体が崩れるように倒れ込んだ。投げ出されたスマホが放物線を描いて車道に叩きつけられ、カラカラカラッ、と音を立てて滑っていく。

立ち竦むすずの脇を、通行人たちが次々と通り過ぎる。人の波が去ったあとには、歩道の真ん中で四つん這《ば》いになった黒リュックの男と、彼に押し倒されて仰向けに横たわった例のコスプレ神主だけが残った。

「うう、いてて……」

呻《うめ》き声を上げたのは下敷きになった神主のほうらしかった。黒リュックの男が慌てたように半身を起こすと、続いてゆっくりと起き上がる。被っていたヘルメットが前にずり落ち、鼻から下しか見えない。

「よかったあ、ヘルメットしてて。もー、危ないよお兄さん、ちゃんと前見て歩かないとー。飛び出して車にでも轢《ひ》かれたらどうすんの、そんなの見ちゃったらトラウマ抱えちゃうじゃん俺が」

小言を言ってからヘルメットのつばをくいっと引き上げる。その下から現れたのは思いのほか綺麗な顔立ちだった。二十代前半くらいだろうか、目元にかかる長めの前髪はかなりの茶髪で、やはり神主にはそぐわないように思える。口調といい雰囲気といい、とにかく相当な勢いで――チャラい。似合わないコスプレなんかしなければ普通にカッコいいのに、という考えがちらりと過《よぎ》ったが、いや、とりあえず今はそんな場合ではなかったんだった。

リュック男が「すみません、すみません」とペコペコしながら神主男の手を引き上げる。よいしょ、と立ち上がってから、神主男はおもむろに踵《きびす》を返し、草履をペタペタ鳴らしながら車道に出ていった。

「あーあ。えらい飛距離だったね。やばいかなあ、これ」

飛んだスマホを拾い上げて戻ってくると、他人のものだというのに勝手に画面を操作し始めた。リュック男はその傍《かたわ》らで、神主の顔と自分のスマホを見比べてソワソワしている。

「はい。できた」

しばらく弄《いじ》ってから、神主男はにっこり笑ってスマホを持ち主に差し出した。

「ダメだよ、人の写真勝手に撮ったら。それぞれ事情があって、中には困る子だっているんだから。ちゃんとお願いして許可取らないとね。つーわけで、今回は没収」

「――」

がっくりと肩を落とし、スマホを受け取るリュック男。すずは少し遅れてハッと気づいた。改めてコスプレ神主男の顔を見る。

――消してくれたんだ、この人。無断で撮られたわたしの写真を。

ということは、通りの向こうから一部始終を見ていたのだろうか。まさか、ぶつかったのもわざと？　逃げようとしたリュック男を引き留めるために——。

すずが混乱している間に、黒リュック男は逃げるように駅のほうへと歩いていってしまった。その姿が見えなくなったと同時に、気が抜けて身体の力も抜ける。歩道に立つポールに片手をつき、長く息を吐いてからふと顔を上げると、いつの間にか神主男がすぐ隣に立っていた。

「大丈夫？」

「はい、大丈夫です。ありがとうござ」

ずいっと顔が近づき、お礼の言葉が途切れる。神主男は少しグレーがかった瞳ですずの顔をまじまじと見つめ、ニッと笑った。

「あー、やっぱり」

「……え？」

「近くで見てもかわいい。遠くからでもわかったもん。俺、視力だけは異常にいいんだよね」

「……」

すずは目を瞬《またた》いてから、低い声で「ございました」を付け加えた。何というか、うん。

予想を裏切らないチャラさというか。

「あの、わたしより、そちらは大丈夫ですか」

「何が？」

「今、転んで……」

「あ、ぜんぜん大丈夫。柔術も恋愛も受け身だけは得意だからさー昔っから」

よくわからないことを言って一人で笑いながら、袴をポンポンしてホコリを払っている。変な人だ。内心首を傾げつつ、深追いはやめておくことにした。

とりあえず自分では手が届かないであろう腰の辺りの汚れを叩いてあげていると、ぶえっくしょん、という大きなくしゃみとともに男の身体がぴょこんと跳ねた。

「ごめん。それ一個くれる？」

振り向いた神主男の、右の鼻の穴からだけきれいに鼻水が垂れている。すずは慌ててポケットティッシュの封を切り、二、三枚まとめて差し出した。

「サンキュ。なんかさあ、もうとっくに春だっていうのに長引いちゃってんだよねー。しつこい風邪《かぜ》で嫌になるよ」

ブツブツ文句を言いながらズビーと鼻をかむ。水分量的に足りていないようなので、今度は丸ごと手渡した。ごしごし擦りすぎて鼻の頭を真っ赤にしながら、神主男は何やら熱心にティッシュの中のチラシを眺めている。

「へえ。ここで働いてるんだ。〝巫女かふぇ♡恋衣神社〟。長いの？」

「いえ、今日からです」

「新人巫女さんかー。店って、ここから近い？」

「少し歩きます。十分くらい」

「じゃ、案内してよ」

「えっ」

神主男は丸めたティッシュを袂《たもと》に放り入れた。

「巫女カフェって一回行ってみたかったんだよね」

「これから？　行くんですか？　お店に？」

「うん」

「でも、……誰かと待ちあわせされてたんじゃ」

「なんかねー、来ないのよ。フラれたっぽい」

「……はあ……」

そんな変なかっこしてるからじゃ、と内心思いながら、すずは足元に置いたカゴを持ち上げて見せた。

「でもですね、わたし、これを配り終えるまでお店に戻れないので」

「無理でしょ。だって全然受け取ってもらえてなかったじゃん。薬局のおじさんに追い払われて泣いてたし」

「……」

そんなところまで見られていたとは。

「それは、……こういうの初めてだったし、どこでどんなふうに配っていいかわからなくて。でも、今から頑張って、」

「大丈夫。俺に任せて」

神主男はすずの手からカゴをひょいと取り上げ、すぐ傍に停めたスクーターの脇に立った。色はヘルメットと同じ鈍いシルバー。ひとつ目小僧の目玉のようなライトがついたレトロなデザインだ。慣れた手つきでシートを開け、メットインのスペースにバサバサバサッとカゴの中身を流し込む。

「はい、解決」

「だ、ダメですよ、そんなことしたら。お仕事なんだし、店長に言われた通りちゃんとやらなきゃ」

「バイト初日の子に、やり方も教えずこんなもの押し付けて放り出す店長さんが悪い」

「……」

「今日はもういいって。頑張ってたもん。偉かったよ」

神主男はスクーターのシートをバタンと降ろし、空になったカゴをくるりと回した。

「というわけで、行こっか。とりあえず巫女ちゃんの名前、教えて？　俺はね、ハルト。逢坂波留斗《あいさかはると》。怪しいもんじゃないよ」

かなり怪しい神主男、逢坂波留斗はそう言ってにっこり笑った。

2

「アルバイトの探し方を友達に聞いたら、ネットが一番手っ取り早いよって言われて。でもわたし、この歳で恥ずかしいんですけど、キッズ用携帯しか持ったことないし、インターネットなんてまったく使ったことがなくて。とりあえず図書館に行って、使い方を聞きながらパソコンで調べてみたんです。そうしたら、『巫女さん緊急募集！』っていう求人広告を見つけて。巫女さんなら是非やってみたいって思って。張り切って応募先の番号をメモして、電話して、履歴書を持って面接を受けに行ったら——」

「そこは神社じゃなく、巫女カフェだったわけだ」

「はい……」

裏通りを並んで歩く神主と巫女を、すれ違う通行人たちがチラチラ気にしながら通り過ぎていく。すずはと言えば、衣装に慣れて感覚が鈍り始めているのか、他人の目はそれほど気にならなくなっていた。

「どうしてそこですぐに断らなかったの」

「その場では間違えたとは言い辛くて。人がいなくて困ってるって言うし。だから、あとで電話して辞退しようと思ったんです」

「で、したの？　電話」

「はい。何度か。でもタイミングが合わなくて。電話しても店長さん、いつも留守で。結局、お話できないまま初出勤の日になってしまって」

「つまり、今日ってことだ」

「はい。実は今日、頭を下げてきちんとお断りするつもりで来たんです。そうしたら、……準備してあったんです」

「何が」

「どっさり刷ったわたしの名刺」

「あー」

「これはもう断るのは無理だなって、観念したんです。せめて名刺を配り終えるまではお仕事しようって」

「なるほどねー、まあ突っ込みたいところはいろいろあるけど。――とりあえずあれだね、まずはバイト代でキッズ携帯じゃないやつ買うところからだね」

「……そうですね」

そこは苦笑するしかない。通話以外の機能が付いた携帯電話を持たせないというのは父親の方針だった。ネットいじめや非行の原因になると心配しているのだ。悪い人ではないのだが、一かゼロかで物事を決めたがるところがある。目が届かない分、リスクのあるものから娘を遠ざけることで安心したいのだろう。

「それにしても、よくバイトなんて許してもらえたね。それだけ厳しいおうちなら、ダメって言われそうなのに」

「それは……交渉したから。このまま大人になっちゃう前に、もう少し自分の世界を広げたいって」

「へえー。やるじゃん」

神主男は感心したように言った。

「そうかあ。じゃあこれは、すずちゃんにとっての初めての革命なわけね」

「……」

いつの間にかすずちゃんと呼ばれていることは気になったが、初めての革命、という言葉の響きは悪くないと思った。反抗期などと訳知り顔で言われるよりずっといい。

「革命のきっかけは？」

「え？」

「初めてブルーハーツを聴いたとか、寺山修司《てらやましゅうじ》を読んだとか。何かあったんでしょ、自分はこのままじゃいけないんだって気づいたきっかけ」

「……」

すずは真剣な顔で考え込んで、

「きっかけは……受験のボイコット、かな……」

「えっ」

「本命として、母の出身校を受けることになってたんですけど。行かなかったんです。会場に」

「それすごいね。え、なんで」

「受験日の前日に、……ちょっと、家でいろいろあって。それでも次の朝、普通に家を出たんです。けど、……ホームで電車を待ってる時に、ふと思って。ここで道を外れたら、何かが変わるかもしれないって。それで、会場とは反対方向の電車に乗ったんです」

「意外と大胆なことするねえ。それで、何か変わったの？」

「何も、変わりませんでした」

「あ、そう」

「それで気づいたんです。わたしは結局、逃げただけじゃないかって。逃げたところで、わたしには他に何もなくて。第二志望の高校に通うことになっただけで、わたし自身は何も変わっていなくて。これじゃ、親から与えられたおもちゃを放り投げて駄々をこねてる子供と同じ。だから、……親の力を借りず、自分の力だけで何かを始めてみたいって、そう思ったんです」

「なるほど。それでアルバイトか」

「って言っても、……早速こんなふうに、つまずいちゃってるんですけど……」

改めてがっくりと凹《へこ》む。悔しいけれど世間知らずなのは事実だ。大きなものに守られ、教育上与えてもよいと認可された物だけに囲まれて育った。そんなすずがいきなり自分の力で世界を広げようとしても、うまくいかないのは当然かもしれない。

「大丈夫。がんばって。応援するよ、俺」

まともに聞いているのかいないのか、逢坂波留斗はおもむろにチーンと鼻をかんだ。シルバーのヘルメットは未だ頭の上に載ったままで、解いたあご紐《ひも》が振り子のようにプラプラと揺れている。

というか、――どうしてわたし、この人にこんな話までしてるんだっけ。

ふと我に返り、首を傾げる。助けてもらったとはいえ、正体不明の相手だ。できるだけ深入りしないつもりでいたはずなのに、気づけば余計なことまで話してしまっていた。この人の相づちが何となく心地よいものだから、ついつい饒舌《じょうぜつ》になってしまったのだ。

「まあ、親御さんが大事に仕舞っておきたいって思う気持ちもわかるかなあ。すずちゃんてさあ、頼まれるとイヤって言えないタイプでしょ」

「どちらかというと、そうかも……」

「気をつけなよ。男って女の子に優しくされると勘違いする生き物だから」

「勘違い？」

「そう。すずちゃんみたいに男の勘違いをはっきり否定してあげられないタイプの子は、つけ込まれてストーカーの標的にされやすいの。たとえばこのティッシュ。自分では何の気なしにあげたつもりでも、貰ったほうは優しい天使が自分の羽根を抜いて差し出してくれたかのように感じてたりするわけ。特に、女に免疫のない童貞ヤローなんかは」

「…………」

「あ、違う違う違う。俺のこと言ってんじゃないから。ちょ、じわじわ距離取んのやめて、ねえ」

しばらく歩いていくと、大通りに突き当たってしまった。話に夢中になっているうちに、いつの間にか店の前を通り過ぎていたようだ。

「すみません、わたし、看板を見落としたみたいで」

店が入っているテナントビルがこの裏通り沿いにあることは確かだ。ティッシュのチラシにも簡易な地図が載っている。出て来る時、店に上がる外階段の入り口に派手な路上看板が出ているのを確認したので、それを目指して歩いてきたつもりなのだが。

「いいよ、引き返してみよう」

仲良く踵を返し、元来た道を戻っていく。

「すみません……」

「いーえー」

案内するはずが余計な距離を歩かせてしまい、申し訳なさに小さくなる。いくら自分が方向音痴《おんち》でも、まさか一本道で迷子になるとは思わなかった。

「お店の看板て、何色？」

「濃いピンクです。けっこう目立つと思うんですけど……」

「あれじゃない？　もしかして」

逢坂波留斗の指差す先に目を向けると、少し先に建つビルの三階あたりからピンク色の看板が突き出ているのが見えた。目をこらすと、確かに『巫女かふぇ♡恋衣神社』の文字が読み取れた。

数分後。すずは鉄扉の前に呆然と立っていた。店を出た時には開いていた入り口は固く閉ざされ、ドアノブには「CLOSE」の札が掛けられている。

「どうして閉まってるの……」

ティッシュ配りで客寄せをさせておきながらお店を閉めるなんて、普通ならありえない。せっかくチラシを見て来てくれたお客さんをがっかりさせてしまうことになるし、――まあ、幸いと言うか、結果的にティッシュはひとつしか配れていないわけなのだけれど。

「……まだ、……開店時間じゃ、……ないんじゃ、……ないの、……」

外階段を三階まで上がってきただけなのに、逢坂波留斗は顔面蒼白状態で壁に手をつき、肩で息をしている。口はよく動くわりに、あまり体力はないようだ。

「いえ、もう過ぎてます。開店は十一時半だから」

すずは腕時計にもう一度視線を落とした。針は十二時十分を指している。店を開けられないような、何か突発的なトラブルでもあったのだろうか。それならそれでひとこと連絡を入れてくれてもいいのに、と思ってから、自分の携帯電話が荷物と一緒に店のロッカーに入れっぱなしになっていることを思い出した。

そうこうしている間に店長がコンビニ袋でもぶら下げて戻ってくるのではないかと、たった今上ってきた外階段の踊り場のほうを見下ろす。手すりの向こうには、向かいのラーメン屋に行列を成す客たちの頭頂部が並んでいた。

「どうしよう……今日、このまま戻ってこなかったら。お財布も着替えも、全部中なのに」

「まあ、何とかなるよ」

酸欠状態からやっと復活したようで、逢坂波留斗はのんびりそう言って懐からスマホを取り出した。片手で素早く画面を操作し、耳に当てる。どこに掛けているのかと見ていたら、鉄扉の向こうから軽やかなベル音が微《かす》かに聞こえてきた。店の電話が鳴っている。

「誰か中に残ってるかもしれないじゃん？」

期待半分、諦め半分で耳を澄ましていると、――店の中で、ガタガタッと物音がした。

思わず顔を見合わせる。

「聞こえた？」

「はい」

「誰かいるね、中に」

そう。中にいる誰かが、鳴り響くベルに反応して物音を立てたのだ。でも、――いるのならどうして出てくれないのだろう？

しばらく鳴らしてから、波留斗はいったん電話を切った。

「すずちゃんがティッシュ配りに出てくる時、店にいたのって店長だけ？」

「いえ、もう一人。巫女の真凜《まりん》ちゃんていう子が」

「他に出勤予定の子は？」

「夕方くらいに遅番が二人来るって聞きました」

「なるほど。店長、今日どこかに出掛けるようなこと言ってなかった？」

「いえ、特には」

店長とその膝の上に乗った真凜という先輩巫女に見送られてすずが店を出たのは、今からちょうど一時間半ほど前。十時半過ぎのことだ。他に午前出勤予定の巫女はいないわけだから、普通に考えれば中にいるのはあの二人ということになる。

――まさか、あの人たち……。

扉の向こうで二人があんなことやこんなことをしている画が浮かびそうになり、すずは急いで思考を停止した。とりあえずあの店長の裸は想像したくない。

「どしたの、すずちゃん。赤い顔して」

「いえ……」

気を取り直し、コンコン、と鉄扉をノックしてみる。反応はない。もっとも、軽く叩いた程度では中には聞こえないかもしれない。店の入口には、閉店時に閉める分厚い鉄扉の向こうにさらにもう一枚、お客様用のガラス扉がある。いわば二重構造になっているのだ。

「——あの、店長？　猫牟田すずです。戻りました」

声をかけ、今度はもう少し強く叩いてみる。固い鉄扉にはあまり効果がなく、拳だけがジンジンと痛んだ。もう一度、さらに力を込めて叩こうとしたところを、横から伸びた大きな手のひらがパシッと受け止める。

「やめときな。怪我しちゃうよ」

逢坂波留斗はすずの手をそっと降ろし、困った顔で腕を組んだ。

「まったく、いい大人が居留守とか……。ガキじゃないんだから」

呆れたように呟《つぶや》き、きょろきょろと辺りを見回す。背後には、建物内に通じる暗い廊下がぽっかりと口を開けている。すずを残し、てくてくとその中に姿を消したかと思うと、片手に何かを抱えて戻ってきた。なぜか不満そうな顔をしている。

「ちょっとすずちゃん、こっちの奥にエレベーターあんじゃん。わざわざ階段上がることなかったのに」

「低層階には止まらないんですよ。使えるのは四階から上らしいです。電気代削減のためにビルのオーナーさんがそういう設定にしてるみたいで」

「ケチだなあオーナーさん」

「省エネになっていいじゃないですか。っていうか三階くらい酸欠にならずに上りましょうよ。――それより、どうしたんですかそれ」

「ああ、これ？」

　どこから持ってきたのか、彼は小型の消火器を手にしていた。

「だって手で叩くと痛いじゃん？」

「……えっ、……」

　止める間もなくスタスタと店の入り口に歩み寄ると、逢坂波留斗はおもむろに消火器のお尻の部分で鉄扉を叩き始めた。軽く当てているだけとはいえ、ガンガンガンガン、という凄まじい音が響き渡る。すずは飛び上がって彼の袂を引っ張った。

「ちょっ、やっ、やめてくださいっ、ご近所迷惑」

「おーい、中にいるのはわかってるんだぞー、無駄な抵抗はやめて出てこーい」

「こら、ダメだってば、し――っ、し―――っ！」

今にもご近所さんが駆けつけてくるのではないかと周囲をびくびく見回しながら必死で制止しようとしていると、――ガチャ、と鍵《かぎ》の外れる音が聞こえた。閉ざされていた鉄の扉が、魔法が解けたようにゆっくり押し開けられていく。

「――どなた様ですか」

顔を出したのは店長ではなかった。縁なしのメガネをかけた見知らぬ顔が扉の向こうに半分だけ覗いている。

「どーも。お客さんです」

波留斗がひょいと気安く手を上げてみせる。メガネの男性は面食らっているようだった。それはそうだ、ドアを開けて目の前にヘルメットを被った神主が消火器片手に立っていれば、誰だって驚く。

「あのっ、すみません、違うんです。わたしたちはですね、」

話がややこしくなる前にと、すずは急いで波留斗の身体を押しのけ、身を乗り出した。見ると、メガネの彼はウエイターの格好をしている。

そうか。この人、もしかして――。

「もしかして、――御手洗《みたらい》さんですか、厨房担当の」

「え? ……ああ、……うん」

メガネの彼――御手洗はコクコクと細かく頷いた。

やっぱり。

面接の時、店長が言っていたのを思い出したのだ。この店には巫女以外にもう一人、厨房担当の御手洗という男性スタッフがいると。

「わたし、今日からお世話になります、アルバイトの猫牟田すずです。今、ティッシュ配りから戻りました」

御手洗はすずの顔、波留斗の顔を順番に見て、もう一度すずの顔を見た。まだ動揺は収まっていない様子だが、ひきつりながらも笑顔を浮かべてみせる。

「ええと、すずちゃん、ね。ハイ。店長から聞いてます」

すずはホッと息を吐いた。――とりあえず、荷物を置いたまま店から閉め出される事態は避けられそうだ。

「そして僕がお客さんの逢坂です、よろしく」

波留斗が聞かれてもいないのに名乗り、右手を差し出す。御手洗はあまり気が進まない様子でその手を握り返した。

3

「すみません、開店準備中だったので、まだ散らかってて」

あまり広くない店内は、すずが出てきた時より薄暗く、雑然として見えた。ブラインドは閉じられ、床掃除の途中だったのか、客用の椅子《いす》は全てテーブルの上に逆さまに上げられている。

「御手洗さん、お店、どうして閉めてたんですか。店長は？」

「それが……。俺が出勤してきた時、入れ違いで出ていっちゃったんだよ。急いでたみたいで、『あとは頼む』ってそれだけ言って」

「出ていった？　真凜さんも一緒に？」

「うん。一緒に出てった。巫女がいない状態でお店を開けるわけにいかなくて、困ってたんだよ」

確かに、無理に開店しても御手洗一人では対処のしようがないだろう。ここは巫女カフェなのだから。

それにしても、――店長が店を放り出してまで出ていくほどの用事とはいったい何だろう。それに、なぜ真凜まで連れていく必要があったのか。

「すずちゃん、もしかしてさっき、店の電話鳴らした？」

「あ、はい」

「ごめんね、出られなくて。奥で片づけしてたからさ」

「いえ」

「それと……。とりあえずあの人、止めてもらっていいかな」

「え」

苦々しい表情の御手洗の視線を追うと、――いつの間にか波留斗が店の奥まで入り込み、バックヤードとの間仕切りカーテンの中に頭を突っ込んでいる。

「あ、あの、逢坂さん」

「ん、はい」

「そっちは倉庫とか更衣室です。トイレならこっちに」

「あ、そう。ごめんごめん」

波留斗はあっさり引き下がり、カーテンの前を離れた。別にトイレに行きたいわけではなかったのか、そのままプラプラと店内を散策し始める。

「おっ、なに、この巫女カフェに似つかわしくない感じのエロいソファは」

素朴なテーブルセットが並ぶ店内で、それは確かに浮いていた。店の中心に置かれた真っ赤な二人掛けソファ。店長と真凜が先ほどまでイチャついていた場所だ。いわゆるカップルシートのようなもので、巫女と客が二人きりで甘い時間を過ごすためのコーナーらしい。もちろん時間制の有料で。

「おっ、反動すごい。ラブホのベッドみたい」

身体を弾《はず》ませて子供のようにはしゃぐその様子を呆れ顔で見ながら、御手洗がすずに耳打ちした。

「真凜も店長もいつ戻ってくるかわからないし、お客さんにはお帰りいただくしかなさそうだね」

「そう、ですね……」

確かにそうなのだが——酸欠になってまで階段を上がってきてくれたのに、このまま追い返すのは申し訳ない気もした。かといって巫女がすず一人では力不足だろう。せめて、店長たちがいつごろ戻ってくるかだけでもわかるといいのだが。

「御手洗さん、店長の携帯って、掛けてみました?」

「いや、まだ。そうだね。いったん電話入れてみようか」

「お願いします」

御手洗は頷いて固定電話の子機を手に取った。その間に、すずは更衣室のロッカーに仕舞ってある携帯を確認しに行くことにした。あまり期待はできないが、店長が何かメッセージを残してくれているかもしれない。波留斗はと見ると、ソファに身を沈めたまま、どこかで見つけたらしいルービックキューブを弄っている。しばらくは大人しくしてくれていそうなので、今のうちにと間仕切りカーテンの裏側に入った。

廊下とまでは言えないような狭い空間の、右手に女子更衣室、左手にオフィスのドアがある。奥にはどこかの一般家庭から借りてきたような籐《とう》の衝立《ついたて》が立っていて、その向こう側が〝倉庫〟と呼ばれているスペースだ。

念のためノックしてから更衣室のドアを開ける。中は狭く薄暗い。六畳ほどの部屋には無理矢理詰め込まれたようなロッカーが四基並んでいて、そのうちの一基が窓を半分塞ぎ、光を遮《さえぎ》っていた。一番手前にある与えられたばかりのロッカーを開け、お気に入りのショルダーバッグから携帯を取り出す。着信は一件。父からだった。

掛け直そうか迷ったけれど、結局そのままバッグに戻した。もし急ぎの用事なら二十件でも三十件でも着信を残す人だ。きっと娘の初アルバイトが心配だっただけなのだろう。終わってから掛け直せばいい。

更衣室を出て、何の気なしに衝立の陰を覗いてみると、やけに大きな段ボール箱が見えた。その隣にはペーパーナプキンやボックスティッシュなどの備品が剝《む》き出しで無造作に積まれている。収納カゴでも買って収めればだいぶ片づくのに、などと思いながら視線を巡らせ、――端に立てかけられたそれに気づいた。

濃いピンク色に塗装された分厚い板。先ほど、すずが店を見つけるための目印にしようとした路上看板だ。こんなところに引っ込められていたのだから見つけられないわけだと苦笑する。近くで見ると、二つ折り部分の蝶番《ちょうつがい》は外れかけ、看板の真ん中は大きく凹んでいた。いつも路上に置いているせいなのか、だいぶ痛んでいるようだ。

店のほうに戻ろうとして、すずはふと足を止めた。ゆっくりと倉庫のほうを振り返る。

何だろう。何か今、引っかかるものを感じたような。

「すずちゃん」

ハッとして振り向くと、カーテンの向こうから御手洗が顔を出していた。正体を摑《つか》みかけた〝何か〟の尻尾がスルリと手の中から逃げていく。

「やっぱり出なかったよ、店長も真凜も。二人とも、携帯の電源を入れてないみたいだ。この分だと店を開けるのは無理だろうね」

「そうですか」

何となく後ろ髪を引かれながら、すずは御手洗のあとについてカーテンの裏側から出た。

波留斗はレジカウンターに寄りかかり、薄いフォトアルバムを捲《めく》っていた。肘をついたその横には、先ほど拝借した小型の消火器と完成したルービックキューブがちょこんと置いてある。

御手洗がすずの肩をつついて目配せをしてみせた。――あの人には俺から話してみるよ。おそらくそういう意図だろう。

「あの、お客さん」

「はい」

「せっかく来てもらったんですが、今日はこんな状態ですので、……申し訳ありませんが」

「いやいや、とんでもない。気にしないでください」

　無駄な爽やかさでそう言って、アルバムを小脇に抱えてスタスタと窓際に向かう。何をするのかと見ていると、閉じられていたブラインドをくるくると巻き上げ始めた。薄暗かった店が息を吹き返すように明るくなっていく。二枚のブラインドをすっかり上げてしまうと、今度は窓際の二人用テーブルから椅子を下ろし、よいしょと腰かけた。

「ふう、疲れた。すみません、コーラひとつ。あ、レモンとか入れないでね」

「いや、あ、あの」

　すっかりくつろぐつもりでいるらしい波留斗に、御手洗が慌てて、

「ええとですね、店長と連絡が取れないので、この子が着替えて荷物をまとめたら、今日はいったん店を閉めようと思うのですが」

「どうして」

「どうしてって……巫女がいない状態で巫女カフェを開けるわけにはいきませんし」

「いるじゃん、ここに一人」

「しかし、この子はまだ接客の研修もしていない新人ですから」

「研修？　あ、大丈夫。俺が代わりにしとく」

「でも、……」

　困り顔の御手洗は、このおかしな神主をどうにかして追い出したいようだ。口実を探し

ているのか、助けを求めるような目をすずに向ける。一方のすずにも手立てなどあるはずもなく、気まずい沈黙が降りた。

「そっか。わかった」

さすがに空気を読んだのか、波留斗が立ち上がった。草履を鳴らしながら店を横切ってカウンターキッチンに向かう。今度は何をするのかと見ていると、カウンターの上に重ねられていたメニューを広げた。鼻歌を歌いながらしばし眺め、くるりとこちらを振り返る。

「じゃあ、オムライス」

「……はい?」

波留斗はメニューをこちらに向けて見せた。

「幻の逸品なんでしょ、御手洗さんのオムライス。是非食べてみたいなあ。食べたら大人しく帰りますよ」

メニューの裏表紙には、『アキバ名物! 幻の逸品、御手洗さんのふんわりオムライス! 五百食突破御礼!』というあまりうまくない、よく言えば味わい深い文字が躍っていた。


店内にはケチャップライスを炒《いた》める香ばしい香りが立ち込めている。匂いから予想するに具材はおそらく玉ねぎ、ピーマン、鶏肉。隠し味はウスターソースだ。

今にも鳴りそうなお腹《なか》を必死で制御しつつ、すずは緊張の面持ちで窓際の二人席に着いていた。向かいにはようやくヘルメットを脱いだ波留斗が座り、のんびりフォトアルバムを捲っている。コーラ片手にご機嫌な様子だ。

それにしても落ち着かない。すずにとって父親以外の男性とこんなふうにテーブルを挟んで向かい合うのは初めての経験であり、いや、正確には小学校の給食以来であり、その点だけ取っても平常心を保つのは難しかった。世の中の恋人たちはこんなにドキドキすることを日常的に行っているわけだ。そう考えると尊敬の念さえ覚える。

波留斗はというと、すずの気苦労など知るはずもなく、オレンジ色のクロスがかかったテーブルに頬杖をついて写真を眺めている。窓から射しこむ陽《ひ》に照らされ、柔らかそうな髪が黄金色に透けていた。ぼんやりとその輝きに目を奪《うば》われる。

「――店長ってこの人?」

「え、……あ」

我に返り、慌てて視線をテーブルの上に落とす。アルバムにはたくさんの写真が収められていた。客と巫女たちが店で過ごす様子を撮影したスナップらしい。その中の一枚、波留斗が指し示している写真に見知らぬ中年男性が写っていた。人の好さそうな笑顔を浮かべ、ウエイターの格好でピースしている。巫女たちに囲まれて嬉しそうだ。

「違います、こっちです。奥に写ってるこの人」

「ああ、この金髪？　若いね」

「三十代前半だって言ってました」

「ふーん。このおじさんは？」

「え？」

「このおじさんは誰？」

「わかりません。わたしはお会いしたことないので」

「そ」

ぱらり、とページが捲られる。白衣《はくえ》の袖《そで》から伸びた腕には意外と厚みがあって、節のしっかりした指は細く長い。ピアノ教師に褒《ほ》められそうな手だな、と思った。

「で、噂《うわさ》の真凜ちゃんてどの子？」

「えっと」

すずは身を乗り出し、たくさんの顔の中から真凜を見つけ出した。

「この子です。こっちにも写ってる」

「え。……待って、子供じゃん」

「わたしのひとつ上だそうです。高二だけど小柄だから小学生に間違われるって言ってました」

「へー……。なんかあれだね。幼い顔で巫女装束って、一部の人たちにはたまんないんだろうね」

「かもしれませんね」

真っ先に店長の顔が浮かび、しょっぱい気持ちになる。あの二人が付き合っていることを知ったら、真凜目当てで店に通っている常連さんたちは、さぞかしがっかりすることだろう。

「——真凜は確かに人気ありますよ」

出来立てのオムライス片手に、御手洗がカウンターの中から出てきた。

「可愛いだけじゃなく、よく気がつく子で。頭がいいんですよね。それでいて擦《す》れていないというか。穢《けが》れなき永遠の妹って感じです」

「なるほどねー。このおじさんは？」

「は？」

「このおじさんも人気ある？」

波留斗の手元を覗き込み、御手洗は「さあ」と言った。

「知りませんね。僕と入れ替わりで辞めた方じゃないですか」

「あー、なーるほど。そういうことか」

「なんですか？」

「そのウエイターの制服。このおじさんのお下がりなんじゃない？　寸足らずだし横幅大きいし、サイズ合ってなさすぎてヘンだよ。何とかしたら？」

よく見ると、確かにズボン丈《たけ》が短かすぎて足首まで見えている。御手洗は苦笑いを浮かべ、「それは店長に言ってくださいよ」と言い返した。

テーブルの真ん中にゴトリと大きな皿が置かれると、目の前に湯気の塊《かたまり》が立ち昇る。先ほどから店内に漂っていた美味しそうな匂いがぐんと濃くなった。

御手洗シェフのこだわりオムライスは薄焼き玉子で包むのではなく、ケチャップライスの上にふわふわオムレツを載せるタイプのものだった。食欲をそそる赤色と鮮やかな黄色に、添えられたパセリの緑が映えている。御手洗がスッとナイフを入れると、オムレツからとろりと半熟の中身が溢れ出した。

「おー、うまそ。半熟具合がカンペキじゃん」

「ありがとうございます。ちなみに真凜もこのオムライスが大好きです」

御手洗はやけに誇らしげに言った。

「さすが幻の逸品。ね、すずちゃん」

その時、きゅるるるる、というスクーターのセルを回すような音が響いた。一瞬の間を置いてから、すずの顔が徐々に赤く染まっていく。

「……取り皿とスプーン、ふたつ貰えます？」

笑いを堪《こら》えながら、波留斗が御手洗に二本指を立ててみせた。

4

　オムライスを平らげ、二杯目のコーラを飲み干しても、逢坂波留斗が帰る気配はなかった。窓ガラスに頭をもたれて、「ねむー」などと言いながら呑気《のんき》に欠伸をしている。

「今日は何も予定ないんですか？」

「んー。フラれちゃったからねー」

　すずのほうを横目で見て、

「なに、早く帰れって？」

「いえ、そういうわけでは」

「じゃ、帰ってほしくない？」

「特にそういうわけでも」

「冷たい。オムライス半分こした仲なのに」

　波留斗はいじけたように口を尖らせたと思うと、おもむろにすずの手を掴んだ。あまりの唐突さに息を呑み、引き上げられていく自分の手を見送る。すずの動揺などお構いなしに、波留斗は細い手首の内側を覗き込んだ。

「……一時半、か。なかなか帰ってこないねー、店長」

他人の腕時計で勝手に時間を確認しておいて、ニコッと笑う。

「せっかくだから、可愛いと評判の真凜ちゃんの顔を拝んでから帰ることにしよっかな」

用済みの左手はテーブルの上にあっさり戻された。今度はすずがムッと口を尖らせる。

こんなことでドキッとしてしまった自分が悔しい。

「ねー、ここでこのまま待っててもいい？」

「さあ。御手洗さんがいいって言うならいいんじゃないですか」

「御手洗さーん、いい？」

二人揃って視線を向けると、御手洗は洗い物をしながら渋い顔をした。

「僕に聞かれても困りますよ……。待ってください、今、店長にもう一度電話してみますから」

「りょうかーい」

わがまま神主は両手でOKマークを出し、そのまま自分のほっぺでタコ焼きなんか作っている。すずはあえて知らん顔でそっぽを向いた。まったく、チャラいし気まぐれだし空気読まないし、本当に困った人だ。しかも真凜に会いたいとか。なんだかんだ言って結局この人も店長と同じような志向だと思うと、ちょっとがっかりだ。

すずが密かにプンスカしていると、波留斗が席を立った。大人しく座っていればいいのに、再びお店の中をプラプラし始める。

「ねー、すずちゃん」

「なんですか」

「これ、やってみたいんだけど。〝御守り恋みくじ〟」

今度はレジの脇に設置してあるガチャガチャに興味を持ったらしい。すずも仕方なく立ち上がり、隣に並んで透明なボディの中を覗いた。

「一回五百円ですって」

「たかっ。そんなに取るの」

「御守りとして持ち歩くとご利益があるみたいですよ。ここに説明書きが」

すずは袴の裾を気にしながらガチャガチャの脇に座り込んだ。

「〝当店は神楽坂《かぐらざか》の恋衣神社と提携しています。神前で祈禱《きとう》しているのでご利益間違いなし！〟ですって。……そっか。だからお店の名前も恋衣なんですね、きっと」

恋衣神社の名前だけはすずも知っていた。神楽坂にある、縁結びの神様を祀《まつ》る有名な神社だ。だから同じ名前のこの店の求人を見つけた時、本物の巫女の募集だと勘違いしてしまったわけなのだが。

「へえ。提携ねえ。そりゃあ確かにご利益ありそうだわ」

波留斗はゴソゴソと小銭入れを取り出した。五百円玉を投入し、大きな音を立ててダイヤルを回す。取り出し口に出てきた丸いプラスチックケースを開けると、小さく折り畳まれた紙が入っていた。

「小吉ですね」

すずは横からおみくじを覗き込んだ。淡いピンク色の薄紙に花の透かし模様が入った乙女チックなデザインだ。左下には恋衣神社のものらしき御朱印《ごしゅいん》が押されている。

「……参ったなあ」

パッとしない結果が不満なのか、波留斗は難しい顔で頭を掻いた。何やらしばらく考え込んでいたが、やおら懐を探り、スマホを取り出す。「ごめん。ちょっと電話」そう言い残し、二枚の扉を開けて外に出ていってしまった。

「——すずちゃん、ちょっと」

振り向くと、電話の子機を手にした御手洗がカウンターの向こうから深刻そうな顔で手招きしている。「はい」と近づいていくと、彼はドアのほうを気にしながら声を潜めた。

「あの人って、すずちゃんの元々の知り合いか何かなの？」

「えっ、逢坂さんですか？　いえ、違います。さっき、駅の近くで偶然会って」

すずは、ここに来るまでの経緯をかいつまんで話した。妙な男に写真を撮られ、そのデータを波留斗が消してくれたこと。波留斗の待ちあわせの相手が現れず、時間が空いたので巫女カフェに行ってみたいと言い出したこと。

すずの話を聞くうちに、なぜか御手洗の顔が徐々に険しくなっていった。話し終えると真剣な表情で一点を見つめ、低い声で「なるほど」と呟く。

「つまり、あの人はたまたまこの店に来たと、そう装ってるわけだ」

「はい。……えっ？」

一度頷いてから、パチパチと目を瞬く。

「あの、装ってる、って？」

「あの人がこの店に来たのは偶然なんかじゃないよ」

「……どういうことですか」

「彼は元々、この店のことも店長のことも知ってたはずだ」

そう言って、御手洗はカウンターの上に何かを置いた。郵便局のマークが入ったメモパッドだ。その一枚目に視線を落としたすずは、戸惑いながらもう一度御手洗の顔を見た。

「これ、何ですか」

「いつも電話機の横に置いてあるメモ帳。今、この走り書きに気づいたんだけど。これは間違いなく店長の字だよ。店長はきっと電話で呼び出されて出ていったんだ。その時に残したメモが、これ」

「……えっと……でも、これは……」

「あの逢坂って人がどうして部外者を装ってるのか、理由はわからないけど」

御手洗はメモに書かれた『アイサカ』という文字を人差し指でトンと叩いた。

「店長を呼び出したのはあの人だ。彼は今日の午前中、この店に電話を掛けた。呼び出された店長は待ちあわせ場所に行くどころかどこかへ逃げ出し、目下行方不明。そういうことなんじゃないかな」

「――」

『店って、ここから近い？　じゃ、案内してよ』

『巫女カフェって一回行ってみたかったんだよね』

波留斗の発した言葉を思い返しながら、すずは考え込んだ。ここに書かれた『アイサカ』がまったくの別人を指しているのでない限り、秋葉原を訪れた波留斗の目的は最初から店長に会うことだったということになる。それなのになぜあの時、彼はすでに知っているはずのこの店を、まるで初めて知ったかのような言動をしたのだろう。

「これはあくまで僕の仮説だけど」

御手洗はさらに声を低くした。

「店長は、何かトラブルを抱えていたんじゃないかな。たとえば金銭的なこととか」

「金銭的……？」

「借金だよ。あの若さで店を経営するには、どこかから資金を調達する必要があったはずだ。銀行から金を借りられるほど信用のある人でもなさそうだし、もしかしたらヤバいところから金を引っ張ったのかもしれない」

「ヤバいって、……まさか、ヤクザとか」

「表向きは貸金業だとしても、裏でその手の連中が絡んでるってのはよくある話だよ」

「待ってください。じゃあ、……逢坂さんは……」

「そっち側の人間っていう可能性はあるよね。そうだと仮定したとして。どう見ても下っ端だろうから、上からの命令で金を回収しに来たんじゃないかな。簡単には用意できない請求額を聞いて、店長は店を放り出して逃げ出した。真凛ちゃんを連れていったのは、残していったら彼女に危害を加えられるんじゃないかと恐れたから」

「……」

すずはカウンターに肘をついて手のひらをおでこに当てた。深呼吸をしてみたが混乱は収まらない。まるで別世界の話だ。まったくピンと来ないし、まずあの波留斗にそんな裏の顔があるとは到底信じられなかった。

「よくわかりませんけど、逢坂さんはヤクザとかじゃないんじゃないでしょうか」

「どうして」

「だって、……チャラいし」

「チャラい借金取りだっているよ。神主の格好してる意味はまったくわかんないけど」

「でも、……うまく言えないけど、あの人には無理だと思います」

「無理って？」

「何て言うか、……ヤクザって意外と、秩序とか上下関係とか、いろいろうるさそうじゃないですか。あの人、そういう団体行動は苦手っぽくないですか」

「……」

その部分については御手洗も異論がないようで、黙ってしまった。会ったばかりにもかかわらず、逢坂波留斗の特性について二人の見解は大筋で一致しているらしい。

「まあ、今のはひとつの仮説だから。別に彼が借金取りだと決めつけるつもりはないよ。もしかしたら女絡みかもしれないし、他の理由かもしれない。だけど、あの人が自分の立場を偽《いつわ》った上で店長を待ち伏せていることは確かだ。少なくとも店長と電話では話しているはずなのに、それを僕たちに隠してるのはどう考えても不自然だよ。店長に会わせるのは危険だと思う。目的を果たすために傷害沙汰《ざた》を起こさないとも限らない」

「そんな……」

波留斗の顔を思い浮かべる。知り合ったばかりだが、誰かに危害を加えるような人だとは思えない。信じられないというよりも、信じたくないというのが正直な気持ちだ。

しかし落ち着いて考えてみると、確かに思い当たる節がある。店に入ってすぐカーテンの奥を覗いていたのは、店長が隠れていると疑っていたためではないか。熱心にスナップ写真を見ていたのは、店長の顔を確認するためだったのではないか。それに――。

ドアの前で、波留斗が店の電話を鳴らした時のことだ。あの時確か、彼は電話番号を打ち込むことなく発信した。よく考えたら、初めて掛けるはずなのにどうしてそんなことができたのだろう。彼のスマホにこの店の電話との通話記録が残っていたからではなかったか。

「……本人に聞いてみますか？」

御手洗はゆっくりと首を横に振った。

「それはやめたほうがいい。刺激して仲間でも呼ばれたら困る」

「でも」

「僕に考えがあるんだ」御手洗はぐるりと回ってカウンターから出てきた。

「まず、僕が口実を作って外に出る。すずちゃんはここに残って、彼を引き留めておいてほしい」

「引き留める？」

「そう。今みたいな感じで時間を稼いでくれればいいよ。その間に、僕は店長に何とかして状況を伝えに行く。あの男と鉢合わせさせないためにね」

「店長がどこにいるかご存じなんですか」

「心当たりがあるんだ、任せて。……とりあえず、まずは僕が店を出る口実を作ってくる」

中指でメガネの位置を直してから、御手洗はバックヤードに続くカーテンのほうへと歩いていった。「大丈夫だよ」心細い思いで見送るすずに微笑んでみせる。

「あいつ、すずちゃんには手を出さないと思う。僕もちゃんと戻ってくるから。——必要があれば、警察と一緒に」

5

「やーやー、お待たせ」

あまり間を置かず、二枚の扉の向こうから逢坂波留斗が戻ってきた。平静を装い「おかえりなさい」と笑顔を作る。うまく笑えただろうか。

「あれ？　御手洗さんは？」

「今、ちょっと倉庫に」

「そう」

その視線が店の奥に向くのを見て、すずは急いで話を逸らそうとした。

「あの、長かったですね、電話」

「ん？　ああ、電話はすぐ終わったんだけどね。外階段のところで探し物してるおじさんに会ってさ」

「おじさん？」

「そう。例のケチ……じゃなくて省エネな、このビルのオーナーさん。つい話し込んじゃった。備品の紛失とか落書きとか、けっこう多いらしいよ。ビルの管理って意外と大変みたい」

「そうなんですか」

「ここの店長のことも言ってたよ。下の駐車場も貸してるんだけど、よくフェンスにぶつけるんだって。車庫入れ下手くそなのに大きい車に乗るからだって愚痴《ぐち》ってた」

店長の話が出て心臓がぴくりと跳ねたが、何とか表情に出さずに済んだ。

「えっと、それで……オーナーさんは何を探してたんですか？」

「消火器」

「……」

「そんな目で見ないでよ、やだなあ。あとでこっそり戻しとくってば」

あは、と笑って腕を組み、そのまま店のドアに寄りかかる。まったく呑気なものだ。こちらの気も知らないで。

『彼は今日の午前中、この店に電話を掛けた。呼び出された店長は待ちあわせ場所に行くどころかどこかへ逃げ出し、目下行方不明。そういうことなんじゃないかな』

すずはカウンターの上に置かれたメモパッドにもう一度目をやった。『アイサカ』。――確かにそう書かれている。

何かの間違いであってほしい。このヘラヘラ笑いに裏があるとは思いたくない。会ったばかりの人間を根拠なく信用するつもりはないけれど、この人がもし御手洗さんの言う通り本当は悪い人だったらと思うと、何だか……とてもショックだ。

「アイサカさん、て」

「ん?」

「……珍しい苗字ですよね」

「そう?　……ああ、でも割とそうかも。親戚関係以外で会ったことないね、同じ苗字の人」

話しながら、波留斗の目がさりげなくバックヤードのほうに向けられる。

「ていうか、すずちゃんの苗字のほうが珍しいと思うけど。なかなかいないんじゃない?　猫牟田さん、なんて」

柔らかな微笑みを浮かべながらも、その瞳の奥には鋭い光が宿っている気がした。カーテンの向こうにいる御手洗の動きを警戒するような、隙《すき》のない目。思わず凝視していると、すずの視線に気づいた波留斗が不思議そうな顔をした。

「……どうかした?」

「……」

すずは黙って顔を左右に振った。「いえ」と答えた声は掠れた。

やはり、この人はたまたまではなく、何かの目的を持ってここにいるのかもしれない。それなら、——もしこの人が本当に店長を待ち伏せているのだとしたら。

会わせてはいけない。彼の目的を遂げさせてはいけない。そのためには作戦通り、御手洗をこの店から無事送り出さなければ。

「なんでもないです。それより、……座りません？　コーラ、おかわりいかがですか？」

波留斗が口を開きかけたその時、店の奥からキュルキュルキュルキュル、という奇妙な音が聞こえてきた。顔を向けたのと同時にカーテンが翻《ひるがえ》り、その音の正体が姿を現す。

「失礼します」

台車を押しながら、御手洗がバックヤードから出てきた。積まれているのは先ほど倉庫で見た大きな段ボール箱だ。ガムテープと十字掛けしたビニール紐でしっかり梱包《こんぽう》されている。

「じゃあすずちゃん、この荷物、コンビニで出してくるね。すぐ戻るよ」

「あ、……はい、わかりました」

なるほど、これが用意した〝店を出る口実〟か。御手洗の意図を察したすずはすぐに頷いた。扉を開けてあげようと店の入り口に向かう。

「逢坂さん。そこ、通りますから」

「……」

しかし波留斗は動かなかった。腕組みをし、ドアに寄りかかったままじっと御手洗を見返している。すずは戸惑い、彼の袂をツンと引いた。

「逢坂さん、こっちに」

「なんで」

「なんでって、荷物。そこにいたら通れないでしょ」

「やだ」

「やだって何ですか。ダメですよ、ほら」

腕を摑み、力を込めて引っ張ったが、波留斗は頑《がん》として動こうとしない。横顔を見上げてみて、どうやら彼がふざけているわけではなさそうだと気づいた。表情は穏やかだが、纏《まと》う空気は先ほどまでとは明らかに違っていて、張りつめた緊張感のようなものが触れた腕から伝わってくる。静寂が満ちるにつれ、部屋の空気が重みを増していくのを感じた。

——彼は御手洗が店から出るのを阻止《そし》しようとしている。ということは、やはり——。

「変なの。集荷に来てもらえばいいのに」

淡々とした、微かに挑発を含んだような波留斗の言葉に、御手洗の眉がピクリと反応した。

「そんな大きな荷物、大変じゃない？　なんでわざわざ運ぶの」

「……大事な物なので、自分で持ち込むように店長から言われています」

「大事、ねえ」

波留斗は薄く笑いを湛えたまま、視線を台車の上の段ボール箱に向けた。

「ずいぶん重そうだね。手伝おうか」

「結構ですよ。台車があれば一人で十分です」

「でもこのビル、省エネなオーナーのせいで三階にエレベーター停まらないみたいだけど。一人で担いで降りるの？」

一瞬、御手洗が言葉に詰まった。

「そんなに重くないので一人で担げます」

「あ、そう。……ちなみに中身は？　何が入ってるの？」

「──どうしてあんたにそんなこと言わなきゃならないんだ。いいからどいてくれ」

御手洗の声が急に大きくなる。すずは思わず身を竦ませた。縁なしメガネの奥から、警戒心と苛立ちに満ちた目が波留斗を睨《にら》みつけている。

「あんた、何者だ。目的は何なんだ。店長に何の用があるのか知らないけど、あんたらの都合は俺たちには関係ない。邪魔をしないでもらいたい」

その眼光の鋭さを、すずは呆然と見ていた。さっきまで穏やかに話していたのとはまるで別人だ。明らかに様子がおかしい。反して、波留斗は静かな微笑を浮かべたままだ。これでは御手洗が波留斗を追いつめているというより、むしろその逆に思える。

「……俺が何者か、知りたいの？」

波留斗はいったん自分の身体を見下ろしてから困ったように笑い、視線を上げた。

「見てわかんない？　めっちゃわかりやすいと思うんだけど」

「まさか神主だとでも？　お前みたいな――」

「そうだよ」

ええええっ、と真っ先に声を上げたのはすずだった。その反応を見た波留斗が「じゃあ今の今まで何だと思ってたのさ」と複雑な顔をした。

「神主って、あの、……本物？」

「本物だよ」

ゆっくりと前方に視線を移し、御手洗の顔を見据える。

「俺は恋衣神社の神職。ここにいる目的は、――天誅《てんちゅう》を下すため、かな。今日はね、許可もなく勝手にうちの神社の名前を使っちゃってるバチあたりな店長に、熱いお灸を据えるために来たんだわ」

「……」

御手洗がごくりと唾《つば》を飲む音が聞こえた。

「……名前を勝手に？」

「そ」

「じゃあ、恋衣神社と提携してるっていうのは……」

「嘘だよ。何考えてるんだか。うちの名を騙《かた》って、たぶん女性客を引き込もうとしたんだろうけど。企画倒れもいいとこだよ。さっきの写真を見た限りでは女性客なんてほとんどいないみたいだし。これじゃうちがスベッたみたいじゃん、恥ずかしい。おまけに御朱印までお気軽に偽造してくれちゃってさ」

　渋い顔で手の中のおみくじを持ち上げてみせる。

「これはさすがに調子に乗りすぎかな。とりあえず報告しといた。いや、今のところうちが直接不利益を被《こうむ》っているわけじゃないから、俺個人の感情としては飽きるまで放っとけばって感じなんだけど。でもこういうのってさあ、氏子《うじこ》さんとか責任役員とか、神社に関わってるうるさ型のじーちゃんばーちゃんが黙ってないわけよ。で、結果的にこうやって直接文句言いに来させられんのは俺じゃん？　めんどくさいじゃん？　迷惑じゃん？」

「ちょ、ちょっと待ってください」

　すずは頭を働かせ、全力で状況を理解しようと努めた。

「てことはやっぱり今日、店長を呼び出したのは逢坂さんだったんですね」

「そ。店に電話入れて、時間作ってほしいって申し入れた。十一時頃だったかな」

　その時間ならちょうどすずが店を出たあとだ。

「従業員や客に聞かせたくないから外で話そうって言われて、あの場所で待ちあわせることになったわけ。知っての通りすっぽかされたけど。すずちゃんのティッシュに恋衣神社の名前を見つけた時には運命感じちゃったよ。だったらこっちから赴《おもむ》こうかなって」

「それなら、……どうして黙ってたんですか。まるで初めてうちの店を知ったみたいに振る舞ったりして。悪いのは店長なんだし、最初からそう言ってくれればわたしたちだって協力したのに」

抑えていた疑念が堰《せき》を切ったように溢れ、つい問い詰めるような口調になる。

「ごめんごめん。でもさあ、バイトの子にこんなことペラペラ話しちゃったら、店長さすがに可哀相じゃん。立場ないでしょ。すずちゃんだってせっかくここで頑張ろうとしてるのにこんなケチがついたらテンション下がっちゃうだろうし。だからとりあえず言わないでおこうかなって」

波留斗はもう一度「ごめんね」と言ってすずの頭をヨシヨシした。

頭を撫《な》でられながら溜めていた息をそろそろと吐き出す。緊張状態から解き放たれ、涙まで出そうになった。

「……じゃあ、店長のこと見つけても、殴ったりしませんか？」

「するわけないじゃん」

「東京湾に沈めたり、魚のエサにしたりは？」

「なにそれこわい。しないしそんなこと」

「よかった……」

すずは胸を撫で下ろし、御手洗に声をかけた。

「だそうです。隠れてる店長を呼び出して、逢坂さんにきちんと謝って許してもらいましょう」

「……」

御手洗の表情は未だ硬いままだった。すずの声が届いていないかのように、台車の持ち手を握り、動きを止めている。

「御手洗さん、……」

近づいていこうとしたすずの二の腕を波留斗が摑んだ。元の位置まで優しく引き戻してから、のんびりとした口調で言う。

「次はあんたの番だよ、そこのお兄さん。——まず、目的が何なのか話してくれる？」

「——」

わけのわからないことを言われ怒り出すかと思ったが——意外なことに御手洗は大きく動揺した。乾いた唇を舐《な》め、目を泳がせる。その挙動不審な様子を見て、波留斗は肩をすくめた。

「最初から、何かおかしいと思ってたんだよね。制服のサイズがまったく合ってないし、自分の職場にいる割にはやけに居心地が悪そうだし。本格的に違和感を感じたのは、あんたがオムライスを作ってる時。どこに何が仕舞ってあるかぜんぜん把握してない様子だった。あれはここのキッチンを使い慣れてる人の動きじゃない。今になって思えば当然のことなんだけどね。——だって、あんたは本当の御手洗さんじゃないから」

すずはポカンと口を開けた。波留斗の挑むような横顔。その視線の先で、御手洗が激しく狼狽《ろうばい》しているのが見て取れた。顔から見る見るうちに血の気が引いていく。

「御手洗さんじゃない、って……」

咄嗟《とっさ》に思考が追い付かない。何の前触れもなく、いきなり足元の地面をひっくり返されたような感覚だった。

「嘘は大胆なほうがバレにくいって、本当だね。俺も騙《だま》されるところだったよ。——偶然、本物の御手洗さんに会わなかったらね」

「……本物の……？」

波留斗は油断なく御手洗を見据えながら、ふっと口元に笑みを浮かべた。

「すずちゃん、このビルの名前知ってる？」

「……？　えっと……」

いきなり話が逸れ、戸惑っていると、波留斗の長い人差し指がレジカウンターを指した。その上に置かれた赤い消火器に目を留め、一瞬考えてから「あっ」と声を上げる。消火器の側面に貼られた白いテプラシール。そこに太いゴシック体フォントで印字されているのは、〝御手洗ビルⅡ〟という文字だった。

「階段の踊り場のところで電話してたら、目の前を見覚えのあるおじさんが通り過ぎてさ。咄嗟に呼び止めちゃったんだけど、不審に思っただろうなあ。だって顔を知ってたのは俺のほうだけだからね。それも一方的に写真で見て」

　スナップ写真の中で巫女たちに囲まれて嬉しそうにピースするおじさんの顔が浮かんだ。

「あの写真に写ってたおじさんが、オーナー……？」

「そ。オーナーであり、オムライスの御手洗さん。話し好きな人でさあ。聞いてないことまでいろいろ話してくれたよ。あの金髪店長とはスナックの飲み友達で、保証人なしでここを貸す代わりに、趣味として時々巫女カフェを手伝わせてもらうことになったんだってさ。元々料理が好きだったし、若い子たちに囲まれて働くのがたまの楽しみなんだって。ふわふわオムライスは気まぐれ出勤の御手洗さんがいる時にしか食べられないから〝幻の逸品〟なわけ」

「でも、……じゃあ……」

　すずは恐る恐る御手洗に――御手洗だと思い込んでいた人物に視線を向けた。

「……この人は、誰？」

　もはや申し開きをする気はないのか、ニセ御手洗は口を真一文字に結んだままじっと波留斗を見返していた。台車の持ち手を強く握りしめた両手には、くっきりと血管が浮き出ている。

「招かれざる客、ってところだろうね。店の中で何か悪事を働いているところにちょうど俺たちが現れた。息を潜めてやり過ごすつもりだったのに、ドアの外でガンガンやられたもんだから騒ぎになることを恐れて慌てて飛び出した。巫女と神主が立っていたのには驚いたと思うよ。客なら追い返せば済むけど、相手が従業員じゃそういうわけにもいかない。詰んだ、と思ったところで運よくすずちゃんが勘違いしてくれて、ちょうどいいから便乗してそのまま御手洗さんに成りすました。そんな感じじゃない？」

異論がないからか、それとも訂正する気力がないのか、ニセ御手洗は黙っている。

「でも、……それならこの人、どうしてすぐ逃げなかったんですか。いくらでもチャンスはあったのに、のんびりオムライスまで作って」

「そう。おかしいよね。ただのコソドロか何かなら、俺たちの隙をついて走って逃げ出せば済むことだ。なのになぜかこの人はこんなに長時間、店の中に留まってる。店長がいつ戻ってくるかわからないっていうのに。そんなリスクを負ってまでここにいるのは、――どうしてだと思う？」

「それは……」

「たぶん、理由はふたつ。ひとつめは、まだこの店に用があったから。たとえば、どうしても諦められない〝何か〟があって、それを持ち出そうとしていた、とか」

すずの目が段ボール箱に吸い寄せられる。ニセ御手洗はそれを嫌うように、慌てて荷物の前に立ちはだかった。

バックヤードで見た光景を思い出す。段ボール箱の隣に無造作に積まれた大量の備品。

あれは元々この中に詰められていたものだったのかもしれない。そしてあの時、すでに箱の中には代わりにその〝何か〟が詰め込まれていたのだ。彼が大きな危険を冒してまで持ち出したかった、〝何か〟が。

「ふたつめは、――大して急ぐ必要がないことを知っていたから。店長が店に戻ってくることは絶対にありえないって、この人にはわかっていたんだよ」

「戻ってこないって、……どうして」

波留斗は少し間を置いて、言った。

「駐車場に、店長の車が残されたままだった。おそらく、彼は初めからこの店を出ていない。もちろん、真凜ちゃんもね」

「――」

すずは反射的にバックヤードのほうを見た。やがて、恐ろしい予感がじわじわと膨れ上がる。そして、――その視線は否応なしに大きな段ボール箱に引きつけられた。

「……何が、入ってるんですか。その中に……」

声が情けないほど震えた。

〝誰が〟入っているかと聞くべきだったか、それとも〝どちらが〟と聞くべきだったか。

『穢れなき永遠の妹って感じです』

どうしても諦められない〝何か〟。――その言葉に、真凜のことを嬉しそうに語っていた彼の姿が重なる。箱の中に押し込められた少女の姿が脳裏を過《よぎ》り、すずは思わず波留斗の背に身を寄せた。

バックヤードの中で感じた違和感の正体に今さらながら気づく。そうだ、匂いだ。倉庫を覗いたあの時、微かに感じた石鹸《せっけん》のような香り。あれは真凛がつけていた香水と同じ匂いだった。まさか当の本人がそこに――段ボール箱の中にいたなんて。

ニセ御手洗の目には危ういものが見え隠れしている。もはや彼が普通の状態でないことは明らかだった。先ほどまでの勢いは失われ、叱られた子供のように身体を縮めている。

「――キスしてたんだ」

ぽつり、とニセ御手洗が言った。

「いつものように開店時間の少し前に店に着いて、ドアを開けたら……そのカップルシートの上で、あの男と真凛が……」

その光景が脳裏を過ったのか、ニセ御手洗は震える両手で頭を抱え、ぎゅっと髪を握り締めた。ギリギリ、という歯ぎしりの嫌な音が耳に届く。

「俺の顔を見て、真凛は『いらっしゃいませ』って言った。乱れた巫女装束を直しながら、恥ずかしそうに『いらっしゃいませ』って。一瞬、知らない女かと思った。知らない女であってほしかった。巫女は処女じゃなきゃいけないのに、あんな、……あんな、発情した雌《めす》みたいな顔して……」

真っ赤に充血した目で宙を見据える。その形相に、すずは身震いした。

「店を飛び出して、ビルの外に出て——いったんはこの場所から逃げ出そうとした。けど、——気づいたんだ。真凜が穢されたのは俺のせいだって。俺が目を離したりしたから、だからその隙に、あんな男に……」

ニセ御手洗は段ボール箱の傍らにガクリと跪《ひざまず》いた。

「俺も同罪だ。それなら俺が清めてあげないと。放っておいたら真凜も内側から腐ってしまう。他の汚れ切った女どもみたいに。元通りにはならなくても、進行を遅らせることはできる。だから、戻ったんだ。もう一度階段を上がって、あの男に制裁を加えた。——あの男の手から、真凜を取り戻したんだよ」

恍惚《こうこつ》状態で段ボール箱に両手を回し、愛《いと》しそうに抱きしめる。その表情には罪の意識など欠片も見られない。むしろ誇らかでさえあった。

「念のため聞くけど。……生きてるよね？」

波留斗が問いかけると、ニセ御手洗はくしゃっと顔を歪めた。

「……わからない」

その双眸《そうぼう》から大粒の涙が零れ落ちる。

「薬で眠らせただけだけど、もう死んじゃったかもしれない。こんなに長い時間、閉じ込めっぱなしにしてたから……」

「──それなら、今すぐ出してあげて」

すずは声の震えを必死で抑えながら言った。

「早く、出してあげてください。でないと真凜さん、ほんとに死んじゃう」

「……」

ゆらり、とニセ御手洗が立ち上がった。

「あんたたちが、邪魔するから」

細長い背中が揺らぎ、よろけて傍らのテーブルに倒れ込む。

「もし、真凜が死んだら……それは……」

その手が椅子の脚を摑んだ。

「──邪魔したお前らのせいだぁっっ」

ニセ御手洗が椅子を振り上げ、奇声を発しながら猛然と飛び掛かってきた。一瞬、目の前の光景がスローモーション映像のようにゆっくりになる。動けない。すずはぎゅっと目を閉じた。同時に横から肩を押され、悲鳴とともに勢いよくカップルシートに倒れ込む。目を開けた次の瞬間、──ニセ御手洗の身体がふわりと浮きあがるのが見えた。ウアアッ、という間抜けな声を発しながらすずの頭上でくるりと回転し、そのままドスンという地響きとともに床に沈んだ。

「……危ないなあ、まったく。椅子は振り回すものじゃなく、座るものだよ?」

取り上げた椅子を脇に置き、波留斗はぼやきながら白衣の襟《えり》を正した。足元には仰向けで倒れ、呻いているニセ御手洗の姿がある。すずは口を半分開けて固まっていた。何が起こったのかわからないまま波留斗の顔を見上げる。

「あのさあ」

波留斗は身を屈め、ニセ御手洗の身体をコテンとひっくり返した。うつ伏せになった彼のお尻の辺りにどっこいしょと腰を下ろす。

「あのオムライス。いつか真凜ちゃんにご馳走してあげたくて、御手洗さんの味を真似て一生懸命練習したんじゃないの？　そういうところで頑張れるならどうして正々堂々と店長に勝負挑まないの。だいたいさあ、自分の好きな子を穢れ穢れ言うってどうよ。処女じゃなくたって真凜ちゃんは真凜ちゃんでしょ。独りよがりな妄想に好きな子を巻き込んでんじゃないよ。相手が自分の思い通りにならないのはそりゃ辛いよ、確かに。だからって女の子を傷つけて自分の願望だけを押し通していいわけないじゃん。――恋愛ってのはね、二人でするもんなんだよ」

「……」

ううう、と情けない嗚咽《おえつ》が漏れる。波留斗はニセ御手洗の手首を後ろ手に合わせ、懐から取り出した襷《たすき》をパラリと垂らし、手早く巻きつけ始めた。その表情は怒っているようでもあり、悲しんでいるようにも見えた。

「すずちゃん、ごめんね突き飛ばして。大丈夫？」

「……は、はい……」

すずはソファから立ち上がろうとした。早く真凜を助けなければ。腰が抜け、足に力が入らない。這うようにして何とか段ボール箱に辿り着き、厳重に十字掛けされたビニール紐を解こうとする。今になって手が、足が震え始める。遅れてやって来た恐怖心が足元から這い上がる。怖かった。涙が勝手にぽろぽろと零れた。

「代わるよ」

波留斗が隣にしゃがみ込んだ。器用に次々と紐を解いていく、その横顔を見つめながら、すずは手のひらで涙を拭った。

「……逢坂さん、弱そうだからやっつけられちゃうかと思った……」

「俺も」

波留斗は真面目な顔で、

「今の投げ技、小学生の時に図書館で借りた〝合気道入門〟って本で見て覚えたんだよね。兄貴には何度か試したけど、実戦で使ったのは今が初めて」

「合気道……」

「そ。攻撃するんじゃなく、襲われた時に身を守るための『愛の武道』ってやつ。意外と何とかなるもんだね。まあ、柔術も恋愛も受け身だけは得意だからさ、俺」

そこでふとすずの顔を見る。

「これ、さっきも言ったね」

神主は笑って、一気にガムテープを引き剝がした。

結論から言うと、真凜も店長も命に別状はなかった。

真凜は段ボール箱の中で眠っていた。店長のほうはバックヤードの左手にあるスタッフルームのデスク下で縛られ転がされていた。彼に至っては執拗《しつよう》に殴打された際の外傷が酷《ひど》く、しばらくは入院が必要らしい。

真凜が閉じ込められていた段ボール箱の中からは、血痕が付いたニセ御手洗の衣服が出てきた。店長のケガの酷さが窺《うかが》える出血量であり、おそらく、ニセ御手洗はこのためにサイズの合わないウエイター服に着替えることを余儀《よぎ》なくされたのだろう。

凶器は例の路上看板だった。一度はビルの外に出たあの男が、路上看板を担いで階段を上り、店に引き返す姿を思い浮かべると慄然《りつぜん》とするものを感じる。

後《のち》の報道によれば、ニセ御手洗は動物病院で助手として働きながら獣医を目指す学生だった。恐ろしいことに二人に麻酔薬を注射しており、注射器と薬は〝何かの時のため〟に病院から持ち出し所持していたものらしい。使われた麻酔薬が人間にも使われているものだったことはせめてもの幸いだった。

6

朱色の鳥居《とりい》を潜《くぐ》ると、すぐ右手に木造りの手水舎《ちょうずや》があった。龍を模《かたど》った水口からチョロチョロと流れ出る水。それを受ける石製の水盤《すいばん》は、透き通った手水を満々と湛えている。

すずはカバンを足元に置き、制服の袖を捲《まく》り上げた。案内板に書かれた作法に倣《なら》って口をすすぐと、その水には少しのホコリ臭さと甘みを感じた。

ハンカチで手を丁寧に拭ってから、隙間に苔《こけ》が覗く石段を上がっていく。二十段ほどを上りきると、正面にある入母屋造《いりもやづくり》の拝殿《はいでん》がその姿をすっかりと現した。

石畳の参道には、傾きかけた陽が木々の長い影を描いている。漂う厳《おごそ》かな雰囲気に自然と背筋が伸びた。

参道の脇には、駄菓子屋の陳列棚のように木箱がずらりと並んでいた。プラスチック製の蓋《ふた》にはそれぞれに『花みくじ』『和歌みくじ』『血液型みくじ』などと書かれた札が貼られている。こんなにたくさんの種類があるものだとは知らなかった。その向こう側に並んだベンチでは、大学生くらいの若い女性たちが輪になり、引いたおみくじを広げてはしゃいでいる。

拝殿の正面に立つと、すずはあらかじめ準備しておいた五十円玉を制服のポケットから取り出した。えいっと賽銭箱《さいせんばこ》に投げ入れ、両手を合わせる。心の中でふたつの願い事を唱え終えた、その時だった。

「ち、が――う。やり直し」

「……」

背後から聞こえた声にじわじわと胸が熱くなる。笑みが零れそうになるのを抑え、すずは振り返った。

「二拝二拍手一拝《にはいにはくしゅいっぱい》。参拝の作法くらい勉強しなよ。巫女のバイトしたかったんじゃないの」

石灯籠《いしどうろう》の傍に、逢坂波留斗が竹ぼうき片手に立っていた。あの時と同じ、浅葱色の袴姿。

「久しぶり、すずちゃん。制服姿もかわいーね」

そしてあの時と同じ、安定のチャラさ。

「お久しぶりです。……本当にここの神主さんだったんですね」

「そうだって言ったじゃん」竹ぼうきをくるりと回し、傍らの生垣に立てかける。

「もしかして、俺に会いに来たの？」

「違いますよ、近くを通りかかったから寄ってみただけです」

「ふ――ん」

意味ありげな笑みを浮かべ、白衣の両袖に手を入れる。相変わらずかったるそうだし、髪も茶色い猫っ毛だし、言うこともチャラいし、——でも。

この場所で見ると、案外神主姿もサマになっている気もしなくもない。かもしれない。

「——本当はどうしてここに来たか、当てようか」

「……えっ」

「革命続行のため、でしょ。新しいバイト先、探してるんじゃないの」

「……」

すずはじっと波留斗の顔を見返した。柔らかな微笑み。全てを透かし見るような不思議な瞳。

——そう。今頼れるのはこの人だけだ。軽く深呼吸してから、すずは思い切って口を開いた。

「あの、……わたし、この神社で」

「うん、いいよ。ここで助勤《じょきん》しなよ。ちょうど巫女さん探してたんだよね」

あっさり言われ、危うくずっこけそうになる。

「……え、……え？」

「だから採用だってば。もうとっくに人事担当者にも伝えてあるし。ていうか来るの遅いよ、待ってたのに」

すずはぱちくりと目を瞬いた。

「……面接とか、履歴書……」

「いらないよ。すずちゃんは合格。がんばり屋さんのかわいい子だって言ったらみんな喜んでたよ」

「でも、……門限が七時なので、そのあたりも相談しなきゃって」

「いいよ、十分。平日は難しいだろうから、土日祝日と長期休み、特に年末年始を手伝ってもらえると助かるかな」

ポカンと口を開けたままのすずを見て、波留斗はくすっと笑った。

「そんなに驚くことないでしょ。だって俺、約束したじゃん。――すずちゃんの初めての革命、応援するよって」

「……」

すずはぐっと唇を嚙《か》みしめた。胸がいっぱいになって、すぐには言葉が出ない。深々と頭を下げ、何とか「よろしくお願いします」とだけ言った。

――降参だ。この人はどうしてこうも全てお見通しなんだろう。

もしかすると神様からこっそり耳打ちでもされているのかもしれない。半分本気でそう思った。

「二度お辞儀《じぎ》をして、二回手を叩いて」

「……え？」

「参拝の作法。あ、拍手の時は右手のひらを少し下にずらしてね」

慌てて拝殿のほうに向き直り、波留斗の指示通り、ぎこちないながらも心を込めて手を合わせる。とはいえ、すでにたった今、願いはふたつとも叶ってしまったのだが。『新しいバイト先が見つかりますように』。それから、――『あのヘンテコ神主にもう一度会えますように』。

「すみませーん」

さっきの女子大生らしき集団が波留斗に声をかけてきた。「神主さん、一緒に写真、いいですか」「ええ、いいですよ」やけに凛々《りり》しい声で応え、キリッとした表情で輪の真ん中に立つ。各々のカメラを使い、ひととおり記念写真を撮ると、彼女たちは上機嫌で帰っていった。

「ピンク色の服の子、おっぱいおっきかったなあ」

名残惜しそうに見送る波留斗の隣に立ち、すずは冷ややかな視線を向けた。

「もしかして逢坂さんて、女の人にモテたくてやってるんですか、神主」

「いや、そんなことないよ。だってほかにいくらでもあるでしょ、モテる職業」

言われてみれば確かにそうだ。

「じゃあ……いったい何が目的で」

「ちょ、なんか引っかかる言い方。別に目的なんかないよ。いろいろあって、流れで?」

「そういうものですか」

「そういうもんだよ。まあ、最近は意外と向いてるかもって思い始めてるとこだけど。何て言うか、誰かに恋い焦《こ》がれる女の子の切なげなため息を聞くとさ」

「想いを叶えてあげたくなる？」

「いや、興奮するよね」

「……」

陽が傾くにつれ西日が暖色に変わり、境内《けいだい》を包む空気が柔らかになっていく。通り過ぎる風は少しだけ冷たい。見上げると、遅咲きのフゲンゾウが満開の花を重そうに揺らしていた。

「なんかちょっと冷えてきたね。すずちゃん、コンビニ行かない？　あったかい飲みもの奢《おご》るよ」

「お仕事、大丈夫なんですか」

「いーのいーの。そろそろ店じまい」

波留斗は草履を鳴らし、おみくじ箱が並んでいるほうに歩いていった。袂を引き上げて箱の裏側に手を伸ばし、何やらゴソゴソしている。得意げに小銭をつまみ上げるのを見てすずはギョッとした。

「五百円玉みーっけ」

「こ、こらっ。ダメですよっ」

「なにが」

「お賽銭泥棒！」

「人聞き悪いなあ、お駄賃て言ってよ」

「ダメです、バチが当たります」

　すずに叱られ、波留斗は渋々五百円玉を戻し、口を尖らせた。

「しっかりしてるなあ、すずちゃんは。まだ高校生なのに」

「……逢坂さんはもっとしっかりしてください……大人なんだから……」

「よーし、しっかり者のすずちゃんにはお兄さんが飲みもの奢ってやろう。ちょっと待ってて」

「だっ、だからそこから盗ったらダメってば！　……もう、そんなことばっかりしてたらクビになっちゃいますよ」

「あー、めっちゃ怒られるだろうけど、たぶんクビにはならないんじゃないかな」

「どうして」

「だって俺、――この恋衣神社の跡継ぎだから」

　黄金色に輝く西日を浴びながら、チャラい神主はそう言ってにっこり笑った。

恋ノ神と双子の壺

◆Koigoromo Jinja de machiawase◆By Sanagi Sakuragawa

1

この下心を悟られてはいけない。

無関心を装うのだ。相手に胸の内を見透かされればたちまち距離を置かれてしまうだろう。近づくならできるだけ何気なく、本当にさりげなく。警戒心を持たれぬよう、細心の注意を払う必要がある。

猫牟田《ねこむた》すずは視線をあえて宙に外しながら、参道に敷かれた石畳《いしだたみ》の上をゆっくりと進んでいった。目の端にその気配を捉えたまま、あくまで興味のないふりをキープし、前方の拝殿《はいでん》に顔を向けて足を止める。

ちら、と左のほうに目線を流してみる。大丈夫。今のところ警戒されてはいない。

石灯籠《いしどうろう》の足下で毛づくろいをする真っ白な猫。すずの存在に気づいていないかのように、前脚の付け根あたりを熱心に舐《な》めている。首の周りにだけ、いかにも触り心地の良さそうな毛足の長い毛が生え揃っているところを見ると、メインクーンのミックスかもしれない。

「……」

――撫《な》でたい。撫で回し、そして撫で倒したい。あまりの撫でたさに指先のウズウズが止まらない。

すずは必死で心を落ち着かせようとした。妙な動きはできない。知らん顔をしてはいるけれど、相手は確実にこちらの動きを捉えているはずだ。逃げられてしまったらそこで試合終了。気を抜かず、そして媚《こ》びず、あくまで対等な立場に立って接近するのだ。

もの欲しそうな素振りなど見せてはならない。撫でてあげる側として優位に立たなくては。この試練を乗り越えた者だけが、――魅惑《みわく》のもふもふタイムを獲得することができる。

すずは慎重に、十分に時間をかけてその場にしゃがみ込んだ。ミニスカートの中がおそらく猫からは丸見えだが、それはこの際やむを得ないとしよう。

「にゃーん」

恐る恐る話しかけてみる。特に反応はなかった。猫は後ろ脚を持ち上げ、大胆な格好で毛づくろいを続けている。すっかり無視されたのは悲しいが、少なくとも逃げるつもりはなさそうだ。

いけるかもしれない。

すずは逸《はや》る気持ちを抑えながら、しゃがんだままの体勢でじりじりと近づき始めた。慌てず、焦らず。ゆっくりと石畳から足を下ろしたその時、爪先《つまさき》で踏んだ砂利《じゃり》が大きな音を立てた。白猫がぴたりと動きを止める。

「……」

「……」

両脚を大きく広げた体勢でじっとすずを見返す猫。とりあえず、彼がオス猫であることだけはわかった。

見つめ合ったまま膠着《こうちゃく》状態が続く。五月に入ったとはいえ、早朝の空気はまだ冷たい。剝《む》き出しになった太ももを風に撫でられると、微《かす》かに鳥肌が立った。

「おはよう。そこでなにしてるにゃん？」

「……」

長いしっぽがパタン、と地面を叩く。

猫が、明らかにすずへの興味を失ったのがわかった。つまらなそうに大欠伸《あくび》をし、ころんと身を丸めて起き上がる。拝殿のほうにとことこ歩いていく背中に、「にゃー……」とすがるように呼びかけてみたが、やはり相手にしてはもらえなかった。置き去りにされた虚《むな》しさと切なさを嚙《か》みしめ、立ち上がる。

駅前のビル群を抜け、緩《ゆる》やかな長い坂道をくねくねと上り、住宅街の細い道を入ったところに、この恋衣《こいごろも》神社は突然その姿を現す。

現在、午前六時少し前。境内《けいだい》にはすずの他に人影は見えない。約束の七時まではまだだいぶ時間がある。初出勤だからと張り切って始発に乗り、早く着きすぎてしまった。

『いいよ。ここで助勤《じょきん》しなよ。ちょうど巫女《みこ》さん探してたんだよね。——約束したじゃん。すずちゃんの初めての革命、応援するよって』

困っていたすずを雇ってくれた、チャラくて茶髪のヘンテコ神主《かんぬし》、逢坂波留斗《あいさかはると》。一度会っただけの自分を信用してくれたことを思うと、胸がじわりと温かくなる。少しでも役に立てるよう、期待に応えられるよう、頑張らなくては。

入母屋造《いりもやづくり》の立派な拝殿の向こうに、薄水色の空を突き刺すような高層ビルが見える。都会の真ん中だというのに空気がスッキリと澄んでいるのは、今が早朝だからだろうか。境内が木々の緑に包まれているからだろうか。それとも、ここが神様の祀《まつ》られている場所だからだろうか。

「――おい。そこの女子児童」

「……」

どこかから飛んできた声に、すずはきょろきょろと辺りを見回した。子供なんかどこにいるんだろう、と首を傾げていると、

「お前やお前。猫としゃべってたそこのおチビちゃん」

ようやく自分に言っているのだと思い当たり、階段のほうを振り返ると、一段ぬかしで石段を上がってくる警官の姿が見えた。悪いことをしているわけではないのに、ついあとずさりしたくなる。

すずの目の前まで辿り着くと、警官は面白くもなさそうな顔で帽子を少し上げた。意外と若い。一重まぶたの端整《たんせい》な顔立ちで、口の悪さとのギャップを感じた。人のことをチビ

呼ばわりする割に、身長はあまり高くない。

「何してんの？　こんなとこで」

「えっと、……猫と、ちょっと……」

猫語を聞かれた恥ずかしさにモジモジしていると、警官はため息を吐き、

「たまにおんねんなあ。小遣いかき集めて家出したものの、ホテル代がなくなって神社の縁の下で夜明かしする輩《やから》が」

「え」

「女子児童の分際でそんなんしたらあかん。危ないやろ。神社やから言うて安全とは限らんのやで。人気がない時間帯には、バチあたりが子供を攫《さら》うこともあんねんから」

言いながら、黒い手帳と小さなペンを取り出す。

「名前と生年月日」

「いえ、あの」

「家出やろ。こんな早朝からこんなとこウロついて、それ以外考えられへんわ」

「ち、違います」

すずは慌てて、

「家出じゃありませんし、女子児童でもありません。十五歳です」

「児童福祉法ではな、十八歳未満は児童なんや。名前」

「ホントに家出じゃないです、七時の門限も破ったことありません。今日からここで助勤するんです、夜明かししたんじゃなくて始発で来たんですっ」

「……助勤?」

警官は改めてすずの顔を見つめ、手帳とペンを引っ込めた。

「ほー。お前が例の新人巫女か。あの跡継ぎがどっかから見っけてきたらしいなあ」

「そ、そうです、逢坂波留斗さんの紹介で」

「いやあ、ごめんなー、まさかこんなちんちくりんやとは思ってなかったから」

ちんちくりんは引っかかったが、とりあえず誤解が解けたようで、すずはほっと胸を撫で下ろした。警察から親のところに連絡が入る事態はどうあっても避けたい。

「よかったよかった。これで少しはあのおっとり巨乳も楽になるやろ。後輩巫女が寿《ことぶき》退社してから一人で大変そうやったから」

うんうん、と一人で頷き、ポン、と肩に手を載せる。

「頑張りや、女子児童。あんたの神楽舞《かぐらまい》が拝める日、楽しみにしてんで」

すずの返事を待たず、警官は軽快な足取りで石段を降りていった。神社を囲む玉垣《たまがき》に沿って停められていた自転車に跨《また》がり、大きく手を振ってから去っていく。

「……」

何だったんだろう、今の……。

迫力に呑まれ、後半は何を言っているのかほとんど理解できず、結果的に〝おっとり巨乳〟というフレーズしか頭に残らなかった。

気を取り直し、ショルダーバッグを肩にかけて拝殿を仰ぎ見る。

まずは神様にご挨拶《あいさつ》だ。しっかりお参りしておこう。

参拝の作法はきちんと調べてきた。まずは一揖《いちゆう》。お賽銭《さいせん》を静かに投げてから二拝二拍手《にはいにはくしゅ》一拝《いっぱい》。手順をもう一度頭の中に思い浮かべてから、お財布を出そうとショルダーバッグに手を掛けたその時、――さっきの白猫と目が合った。賽銭箱の向こうから顔を半分出している。

「……？」

こっちに来い、と呼ばれているような気がした。「どうしたの？」と猫のほうに歩み寄り、はたと足を止める。

――……なにこれ……。

賽銭箱の陰《かげ》に、薄汚れた毛布にくるまれた細長い何かが置かれている。視線を動かしたすずはキャッと悲鳴を上げてあとずさった。よろけながら後退すると、背中が太い柱に突き当たり、後頭部がゴンと鈍い音を立てる。

毛布の端から突き出ているのは二本の足だった。大きな革靴《かわぐつ》を履《は》いていて、揃った爪先は真っ直ぐ上を向いている。靴の裏側に目を留め、どうやらこれがマネキンの類《たぐい》ではなさそうだと気づいた。靴底が減っている。

——し、……死体……？

すずは浅く深呼吸をした。ぶつけた振動で頭がくらくらする。目を逸らしたいのに、視線が釘付けになって引き剝がすことができない。混乱状態に陥《おちい》ったすずを尻目に、白猫が死体の上にひらりと飛び乗り、にゃーと鳴いた。

「だ、ダメだよ猫さん、仏様の上に乗っちゃ。ほら、こっちおいで」

慌てて両手を差し出したが、猫は知らん顔でそっぽを向いている。「ダメだってば」と一歩踏み出したところで、——死体が「うーん」と呻《うめ》いた。フワアアアッ、と妙な声を上げ、飛びのく。

柱にしがみついて固まっていると、毛布が——毛布にくるまった人間がむくりと起き上がった。目を擦《こす》り、ゆっくりと顔を上げる。すずは「えっ」と目を見開いた。

「……逢坂さん……？」

逢坂波留斗が寝ぼけ眼《まなこ》でこちらを見上げていた。眩《まぶ》しげに、顔をしかめるようにしてじっとすずの顔を凝視する。

「あれ、おはよーすずちゃん。ずいぶん早いね」

「——」

その声は目の前の相手の口からではなく、確かに背後から聞こえた。ガバッと振り向くと、敷地の奥からのんびり歩いてくる神職姿の波留斗が。

　柱に抱きついたまま、あれっ、……あれっ？　と高速で二人を見比べる。死体と間違えられたほうの波留斗が仏頂面《ぶっちょうづら》で自分の周りを見回し、「あった」と何かを拾い上げた。眼鏡だ。神経質そうな指先で左右の細いツルを広げ、掛ける。残念なことに片方のレンズが抜けてしまっている。

「何やってんのすずちゃん。朝からポールダンス？」

　呑気《のんき》に歩み寄ってきた波留斗は、手に木製の三方《さんぽう》を持っていた。神様にお供えをするための台のようなものだ。その上には真っ白な徳利《とっくり》のようなものが二本、そして同じく真っ白な小皿が二枚載せられている。波留斗はなお動けずにいるすずの様子を不思議そうに見てから、賽銭箱の裏側をひょいと覗き込んだ。

「あれ、――ユウマ。おかえり。だめじゃん外で寝たら。風邪《かぜ》ひくよ？」

「……」

〝ユウマ〟と呼ばれたほうの波留斗は、黒髪をさらりと指で梳《す》いてから立ち上がった。

「俺が一度も風邪をひいたことがないのは知ってるだろう」

　毛布の下から現れたスーツ姿。今は皺《しわ》だらけのゴミだらけだが、紺《こん》色のヘリンボーン地は一見して安物でないとわかる。おそらくオーダーメイドだろう。スリムな形がすらりと細い体にフィットし、よく似合っていた。そしてその顔は、やはりここにいるチャラい神主とまったく同じに見える。

　状況を呑み込めていないすずに気づき、波留斗がいたずらっぽい笑みを浮かべた。

「似てるっしょ？　この人はね、優羽真《ゆうま》。俺のお兄ちゃん。双子の」

「……双子……」

「優羽真、この子が話してた新人巫女の猫牟田すずちゃん」

「あ、あの、よろしくお願いします」

　ぺこりと頭を下げてから、すずは改めて優羽真の顔を見つめた。波留斗と比べると、彼はどちらかというとクールなタイプに見える。目つきがあまりよくないのは視力が悪いせいだろうか。雰囲気に大きな相違はあるものの、さすが双子。見れば見るほど瓜二つだ。

　なるほど、波留斗が黒髪にして眼鏡をかけてスーツを着たらこうなるということか。

　ぽーっと見つめていると、優羽真と目が合った。不躾《ぶしつけ》な視線に気分を害したのか、じろりと睨《にら》まれ、ぷいと顔を逸らされてしまった。

「——そんで？　昨日は楽しかったの？　同窓会」

「まあ、最初の一時間は」

「途中から盛り下がったってこと？」

「酒のせいでそれ以降の記憶がない」

「マジかー。飲めないのに無理して飲むからじゃん」

「ウーロン茶だと言われて飲まされたんだ」

「まーたその手で騙《だま》されたの？　いいかげん学習しなよ」

息の合った二人のやり取りは卓球のラリーのようで、すずは猫と並んで二人の顔を交互に追った。

「途中でおかしいなとは思ったんだが」

「なんで飲むのやめないの」

「時すでに遅し、覆水盆《ふくすいぼん》に返らずというやつだ」

「なにもっともらしい感じで言ってんの。カッコよくないから」

「そうか」

「ていうか優羽真、それで毎回よく自力で帰ってこられるよね」

「俺の帰巣本能はカーナビ並みだからな」

「惜しい。どうせなら目的地を自分の部屋に設定しといたら？」

そこでふと心配そうに表情を曇《くも》らせ、

「今回はお財布とか大丈夫なの」

「……」

優羽真は自分の胸元をぺたぺた触り、お尻のポケットを探った。

「携帯がない」

「また失くしたの」

「すまない」

「もー、どこの店に置いてきたの」

波留斗がめんどくさそうにスマホを取り出し、――「あ、やば、六時」と呟《つぶや》いた。

「優羽真、あとでケータイ鳴らしてあげるから、ちょっと待ってて。すずちゃんも。先に御日供祭《おにっくさい》済ませちゃうからさ。六時に拝殿の扉、開けないといけないんだ。ごめんね」

「あっ、いえ、こちらはお構いなく」

波留斗は三方を手に、慣れた足取りで拝殿のほうに向かっていった。何をすると言ったのか聞き取れなかったが、とにかくこれから何かが始まるらしい。

その背中を目で追っていくと、目の前に立ちはだかる優羽真の背中で視界が遮《さえぎ》られてしまった。右に、左に移動して何とか様子を見ようとしたが、それが叶う前に、ドオン、という大きな太鼓《たいこ》の音が響いた。驚いた身体がぴょこんと弾《はず》む。振動が早朝の空気に沁《し》み渡り、消えていったところでもう一度。

右側に大きく身を乗り出すと、波留斗がバチを振り下ろす瞬間が見えた。――ドオン。三度《さんたび》太鼓を打った後《のち》、その余韻《よいん》が残るうちに格子《こうし》の扉に手を掛け、慎重に開いていく。

両側の扉をすっかり開けてしまうと、波留斗は正面に正座し、深々とお辞儀《じぎ》をした。随《ずい》分《ぶん》と長い間その姿勢を保ってから、ゆっくりと身体を起こす。そして脇に置いていた先ほどの三方を目の高さまで上げて持ち、しずしずと拝殿の中へと入っていった。

扉の向こうには朱色の柱や金色の装飾が垣間見える。あのずっと奥にご神体が祀《まつ》られているのだろう。

「……」

――しまった……。

かっこいい、と思ってしまった。不覚にも、波留斗の無駄のない美しい所作に見惚《みと》れた。すずの知らない作法を当然のようにこなしている姿が、何というか、……。まるで別の人みたいだ。

彼が神様に仕え、その傍《そば》に近づくことを許された人間なのだと、改めて気づかされた気がした。

奥のほうからシャッ、シャッ、という何かを擦り合わせるような音が聞こえてくる。おそらく大幣《おおぬさ》を振っているのだろう。棒の先に白い紙のフサフサがついた、あれだ。

やがて、中からお経のようなものが聞こえてきた。いや、お経はお寺だから、これは祝詞《のりと》だ。神様に捧げる祈りの言葉。普段の波留斗が発するものとはまったく違う、ピンと張りつめた声だった。その力強さと透明感に驚いていると、――すぐ傍から同じように祝詞をあげる声が聞こえてきた。優羽真だ。波留斗ほど声を張ってはいないが、しっかりと淀《よど》みなく口を動かしている。

——この人も、神主さんなのか……。

双子揃っての奏上《そうじょう》を目《ま》の当たりにし、何となく気持ちが昂《たか》ぶる。この二人の声なら、神様の元まで届いても不思議ではないかもしれない。そんなふうに思った。

祝詞奏上が終わると、波留斗の後ろ姿が扉のところに現れた。あとずさりながら拝殿を出て、再び正座し、深く頭を下げる。

階段を降り、こちらに向かってくる波留斗の顔には、いつもののんびりした表情が戻っていた。

「——おまたせー。えっと、何だっけ。あ、そうそう、優羽真のケータイ、鳴らすね」

波留斗が改めてスマホを取り出す。手早く操作して耳に当てると、……やがてどこからともなくパッヘルベルのカノンが聞こえてきた。三人と一匹がぴたりと動きを止め、耳を澄ます。そして——全員の視線が一点に集まった。まるで巨大なオルゴールのようにのんびりとクラシックを奏でる、古めかしい大きな木の箱——賽銭箱だ。

「どんな願い事したのか知らないけど、スマホ丸ごとは奮発《ふんぱつ》しすぎだよ、優羽真」

波留斗は呆れたように笑って自分のスマホを懐に仕舞うと、賽銭箱の裏側に回り、ダイヤル錠の解錠にかかった。

畳の上をおずおずと進み、すずはそっと顔を上げた。きれいに磨かれた大きな姿見に映っているのは、少し緊張した面持ちの巫女。恥ずかしそうに上目づかいでこちらを見ている。

2

装束を身に纏《まと》うのはこれで二度目だが、前回のコスプレ衣装とはやはり重みが違う。実際の重量も、気持ちの上でも。

今度こそ、いよいよ正真正銘ホンモノの巫女として助勤できるのだ。ここに来てやっと実感が湧き始め、自然と顔が引き締まった。

「すずちゃん、次はこっちね」

着付けを手伝ってくれた先輩巫女、宝生《ほうしょう》麻矢《まや》が鏡台の前に立って手招きしている。その背後の障子には未だ朝陽《あさひ》の気配を残す陽の光が満ち、眩しいほどだった。

緋袴《ひばかま》の裾《すそ》を気にしつつ、籐《とう》の丸椅子《まるいす》に腰かける。古い三面鏡に映ったすずの顔のすぐ隣に、麻矢の柔らかな笑顔が並んだ。

「髪、結うわね。と言っても、後ろでひとつ結びにするだけなんだけど」

麻矢は鏡台の小さな引き出しを開け、柘植《つげ》のセット櫛《ぐし》と適度な長さに切り揃えられたへアゴムの束を取り出した。年季の入った櫛から香ったのは、微かな椿油《つばきあぶら》の匂い。

『女性の髪にはね、神様が住んでいるの』

幼い頃、母がこんなふうに髪を結いながら話してくれたことを思い出した。

『いつか好きな人ができた時のために、髪を大切にしてね。きっとその神様が恋を叶えてくれるから』

鏡越しに見た、母の穏やかな笑顔。嗅覚がふと呼び起こした、淡くて遠い記憶だ。

「――結び位置に高さが出ないように気をつけて、一番下で結わえるの。今日はしてあげるから、次からは自分でね」

麻矢はヘアゴムを一本、紅《あか》い唇に咥《くわ》えた。すずの髪を丁寧に梳き、ひとつに纏めていく。障子を透過した光が彼女の白いうなじに反射し、柔らかそうな産毛《うぶげ》を浮かび上がらせている。

――きれいな人だなあ……。

鏡に映るふっくらした胸元に、つい視線を引き付けられてしまう。すずも同じ巫女装束を着ているはずなのに、胸のところだけ違うデザインのように見えるのが哀しい。どこか艶《つや》めく表情と透き通るような肌。ふとした流し目に、女であるすずでさえドキドキさせられる。歳はいくつぐらいだろうか。巫女だから二十代だとは思うが、この色っぽさは年齢不詳《ふしょう》だ。

──お巡りさんが言ってた〝おっとり巨乳〟って、やっぱりこの人のことなのかな……。

「……なあに？」

鏡の向こうで麻矢が首を傾げた。いつの間にか見惚れていたことに気づき、赤くなって「いえ」と目を伏せる。

「あの、肌、きれいだなあって、思って」

「……あら。ありがとう」

麻矢はふふっと笑って、仕上げにヘアゴムの結び目をぎゅっと引いた。

「──はい、できた」

「ありがとうございました」

「それじゃ、脱いだ服と荷物を持って、こっちに」

「はい」

麻矢が襖《ふすま》を開けると、奥にも和室が続いていた。旅館の大部屋を連想させるような広さに驚く。住居を兼ねているというこの社務所《しゃむしょ》は、外観から予想される以上に奥行きがあるようだ。

床《とこ》の間《ま》にずらりと並べられた立派な弓に目を奪《うば》われつつ、座敷の奥に進んでいく。

いかにも年代物の大きな屏風《びょうぶ》の裏側に入ると、そこには古い木の扉が隠れていた。中は奥行きのある洋室で、どうやらここが従業員の荷物置き場らしい。敷かれた硬めの絨《じゅう》毯《たん》の上に、鍵《かぎ》付きのロッカーが数基並んでいる。

「おつとめの方、こんなにたくさんいらっしゃるんですか」

「ううん、これは繁忙期《はんぼうき》のために備えてるの。年末年始は特に、巫女だけで毎年十人以上も臨時で来てもらってるのよ」

「十人以上……。そんなに忙しいんですか」

「大晦日《おおみそか》から三十六時間営業だもの。舞台裏はかなり壮絶よ。今から覚悟してね」

「……はいっ」

気合いの入りすぎた返事に、麻矢さんがふふ、と笑う。

「そうそう。あと『夏越《なごし》の大祓《おおはらへ》』って言って、六月末にも大きなお祓《はら》いの行事があるのね。準備のために裏方として人手が必要になるから、もし神社の仕事に興味のあるお友達がいたら声をかけてくれるとありがたいな。ささやかだけどお礼はできると思うから」

「わかりました」

神社というのは思っていた以上に人手を必要としているところのようだ。少しでも役に立てるよう、巫女としての仕事をしっかり覚えなければと気合いを入れ直す。

荷物をロッカーに入れ、鍵を抜いてからふと顔を上げると、奥の衝立《ついたて》の向こうに白い着物のようなものが掛けてあることに気づいた。近づいて覗いてみると、それは着物よりもずっと薄手の素材でできていることがわかった。光沢のある白地に、深い緑色で鶴と松の木の紋様《もんよう》が入っている。

「それはね」

いつの間にか、麻矢が隣に立っていた。

「千早《ちはや》といって、私たち巫女が神事をしたり神楽を舞ったりする時に羽織《はお》るものなの」

「神楽……」

すずは壁に掛けられた千早に吸い寄せられるように近づいた。

――あれは何のお祝いだったのだろう。

幼い頃、神社で巫女の舞を観た記憶が確かにある。二人の巫女が、小さな鈴がたくさん付いた不思議なものを鳴らしながら、完全に動きをシンクロさせて舞っていた。指先から足の運び、それこそ袂《たもと》の翻《ひるがえ》り方まで。琴《こと》の音色と太鼓の響きに合わせた雅《みやび》やかな動きは、金魚鉢の中を泳ぐ更紗《さらさ》の琉金《りゅうきん》を連想させた。

『きれい』

思わずすずが呟くと、隣に座っていた兄がすずの口元に人差し指を当て、めっ、という顔をして、――。

「――すずちゃん?」

ハッと我に返り、麻矢の顔を見る。

「どうかした?」

「いえ……。あの、ちょっと……見惚れて……」

「そうね、私はもう見慣れちゃったけど、間近で見る機会ってそうそうないものね」

　麻矢はにっこり微笑んで、

「時間を見つけて、少しずつ巫女舞の稽古《けいこ》もしましょう。一緒に踊れるようになったら嬉しいわね」

「はい。よろしくお願いします」

　貴重品だけ身に着け、更衣室を出る。和室を横切って障子戸を開けると、陽射しはすでに早朝のそれではなくなっていた。

「このあと、椋鳥《むくどり》さんに紹介するわね。恋衣神社に十年ほど奉職《ほうしょく》してる禰宜《ねぎ》さんなんだけど」

「ネギさん？」

「ええと、波留斗くんより少しだけ職階が高い神主さん、ってこと。本当ならまず、宮司《ぐうじ》に紹介したいところだけど——宮司っていうのは神社の一番偉い神主さんのことで、波留斗くんと優羽真くんの御祖父《おじい》さまね」

　親切な注釈《ちゅうしゃく》に頷く。波留斗が宮司の孫であるということは、どうやら跡継ぎという話は冗談ではなかったらしい。

「宮司はしばらく留守にされているのよ。今、遠方に行っていて。その間、この神社を取り仕切ってるのは実質、禰宜の椋鳥さんなの。それから」麻矢は含み笑いをして、「波留斗くんのお目付け役も兼任中。苦戦してるけど」と声を潜めた。そちらの役割もなかなか気苦労が多そうだ。

「あと、——優羽真くんにはもう会ったのよね」

「あ、はい。先ほど」

まさか死体と間違えたとは言えないので、そのエピソードは省略することにした。

「優羽真さんも神主さんなんですか」

「資格は持ってるけど、忙しい時にお手伝いに入るくらいかしら。彼は今、別の資格を取るために猛勉強中だから」

「別の資格?」

「司法試験。弁護士さんになりたいんですって」

へえ、と感心する。確かに、波留斗よりは優羽真のほうが勉強好きに見える。主に眼鏡のあたりが。

「優羽真くん、ちょっと意地悪じゃなかった?」

「え、……いえ、……。確かに、ちょっと機嫌が悪そうな感じでしたけど」

「別にすずちゃんのことが嫌いとか、そういうんじゃないから気にしないでね」

「そうなんですか」

「女の子にはだいたい態度悪いの。特に、波留斗くんに近づいてくる子には」

「え」

「ヤキモチみたいなものよ。優羽真くん、大好きだから。波留斗くんのこと」

「……はあ……」

麻矢のあとについて中庭に面した長い廊下を進んでいく。外廊下があるなんて、時代劇に出てくるお屋敷のようだ。エスプレッソコーヒーのような色をした床板はおそらくかなり古いものだが、手入れが行き届いているのか、表面にしっとりと艶を保っている。チチチ、という鳴き声に顔を向けると、きれいに剪定《せんてい》された庭木の間で、数羽の雀《すずめ》が追い駆けっこしているのが見えた。

しばらく進み、角を曲がったところで麻矢が足を止めた。

「お祭りの時には、ここで巫女舞を舞うの」

「え、……この外廊下で、ですか」

「この障子を取り払うと、ほら」

麻矢が両手でスッと障子を引く。

「中の板の間と繋がってるでしょう？　この角部屋、普段は応接間として使っているけど、お祭りの時にだけ、広くて立派な神楽殿に生まれ変わるというわけ」

「……すごい」

「ね、すごいわよね。豆まきの時も、袋に詰めた豆をここから投げるの。それを下にいる氏子《うじこ》さんたちが拾って、――」

言いかけて、麻矢は「あら？」と呟いた。外廊下を囲む手すりに手を掛け、下を覗き込む。

隣で一緒に身を乗り出すと、すずたちが立っている足元に紫色の物体がモゾモゾしているのが見えた。一瞬考えて、どうやらそれは紫色の袴を履いた誰かのお尻であり、その誰かは縁の下に頭を突っ込んでいる状態なのだとわかった。

「――何してるの？」

ゴン、と鈍い音が響き、直後に「いたい……」という切なげな呟きが漏れる。しばしの間を置いて、神職姿の男性が顔を見せた。頭のてっぺんを撫でながらこちらを見上げる彼の目には、うっすら涙が浮かんでいる。

「……急に声をかけないでもらえますか……」

「やだ、ごめんなさい。大丈夫？」

「大丈夫です、……たぶん」

頭をさすりながら、神主がふとすずに気づく。ああ、という表情を浮かべ、

「新人さんですか」

「ええ。こんなところで紹介するのもあれだけど」麻矢さんは笑いながら、「新人巫女の

猫牟田すずちゃん。——この人が禰宜の椋鳥睦巳《むつみ》さんね」

すずは急いでその場に正座した。できるだけ目線を低くし、両手をついてお辞儀する。

「猫牟田すずです。よろしくお願いしますっ」

「こちらこそ、よろしく」

——この人が椋鳥さん……。

神社を取り仕切っていると聞いてもっとおじさんだと勝手に思っていたけれど、想像していたよりずっと若い。おそらく三十代半《なか》ばくらいだろう。ストレートのきれいな黒髪、落ち着いた物腰。波留斗と比べるとだいぶ神主らしい神主に見える。

「それはそうと。麻矢さん、波留斗くんを見ませんでしたか？」

「波留斗くんなら、さっき社務所の前で別れたきりだけど。どうかした？」

「さっきから探しているんですが、いないんですよ。朝拝《ちょうはい》の前に雨どいの掃除をお願いしたんですけど。またサボっているようですね」

椋鳥さんは渋い顔で腕組みした。〝また〟ということは、おそらく前科があるのだろう。

「いくら波留斗くんでも、さすがに縁の下にはいないんじゃないかしら」

「ああ、違いますよ。今のはレオを探していたんです。全身真っ白だからすぐ見つかりそうなものですけどねえ」

すずの耳がピクリと反応する。——あの猫のことだ。

名前はレオというらしい。触り損ねたふわふわのたてがみを思い出し、もふもふ欲が再びむくむくっと湧き上がる。名前をゲットした今、彼とお近づきになれる可能性はぐんと高まったはずだ。

「波留斗くん、部屋に戻って二度寝でもしてるのかも。レオも一緒に布団《ふとん》に潜りこんでたりして」

「あり得ますね」

「私、見てきましょうか」

「お願いします。では、私は朝拝の準備に向かいますね」

椋鳥を見送ると、麻矢は廊下の先を指差した。

「ここを真っ直ぐ行くとさっきの玄関に出るの。たたきに新しい草履を出してあるから、先に拝殿に行っててくれる?」

「わかりました」

本当は一緒に行ってレオの寝込みを襲いたいところだが仕方ない。すずは軽く頭を下げてから、麻矢と別れて玄関に向かった。

きれいに均《なら》された砂利を踏み、中庭を抜けていく。並んでいる低い庭木はつつじだ。今がちょうど見頃の時期らしく、満開の花がびっしりと咲き誇っている。

色とりどりの花々をのんびり眺めながら歩いていると、——目の前をスッと白いものが横切った。ん？　と足を止め、そろそろとつつじの向こう側を覗く。

——いた……っ。

低木の間を、レオのものらしき白いしっぽがチラチラと見え隠れしながら移動していくのが見えた。チャンスだ。

見失わないよう、すずは瞬《また》きさえ制御しながらそのあとを追った。しばらくあとをつけたところで、しっぽがふっと消える。

「……レオくん？」

呼びかけたが、もちろん返答はない。すずは辺りをキョロキョロしながら、つつじの植え込みに沿って歩いていった。「レオくーん。……レオくーん」小声で呼びかけながら足を進めていくと、どこからか微かに水の匂いを感じた。少し先に朱色の小さな太鼓橋が見える。池だ。植え込みが途切れたところに、ごつごつした庭石に囲まれた小さな池があった。

「……レオくん」

太鼓橋のたもとにレオの姿を見つけた。こちらを向いてちょこんと座っている。すずは少し距離を置き、しゃがんで手を伸ばした。

「おいで、レオくん」

「――うるさいなあ、何だよさっきから」

「……」

レオの迷惑そうな表情。すずはぱちぱちと目を瞬いた。

「人の名前何度も呼ばないでよ。聞こえてるって」

一瞬、レオがしゃべったのかと本気で思ったが、さすがに声の主が別にいるのだと思い当たり、立ち上がる。池に近づいてみると、庭木の陰に小さな背中を見つけた。池を囲む岩のひとつに腰かけ、どうやら水面に釣り糸を垂らしているらしい。

「ごめんなさい……」

戸惑いながらも謝ると、彼がこちらを振り向いた。小学校低学年くらいの、可愛い顔をした男の子だ。驚いたのは、彼が神主姿だったことだ。上下とも真っ白な装束を、当たり前のように身に着けている。意志の強そうな目と、少し濃いめの眉が印象的だった。

「えっと……きみ、誰？」

「だから、レオだってば。小田切玲央《おだぎりれお》」

じろりと睨み、また前を向いてしまう。

小田切、ということは、逢坂家の子供ではないということか。神職姿だから通りすがりというわけでもなさそうだし、親戚の子か何かだろうか。

「ごめんね。レオっててっきり猫ちゃんの名前だと思って……」

「俺がレオでこいつはコタロー。おぼえといて」

「わかった」

その場にしょんぼり立っていると、玲央がちらりとこちらを見た。

「すず、だっけ」

「え？」

「波留くんが言ってた。今日から助勤するんでしょ」

「あ、……うん」

「言っとくけど俺のほうが先輩だから。最初だからわかんないこと、いっぱいあるでしょ。年下だけど遠慮しないで聞いて」

「……」

——うわあ……。

今ちょっと、……いや、かなりきゅんとしてしまった……。

すずは頬を緩め、「ありがとう」と言った。素《そ》っ気《け》ない後ろ姿が急に頼もしく見える。

コタローが玲央の隣に座り、一人と一匹の背中が仲良く並んだ。後ろに立って覗いてみると、落ち葉が浮かんだ水の中に大きな錦鯉《にしきごい》が数匹、悠然と泳いでいるのが見えた。釣りに使われている釣竿は竹で作った簡易なもので、お手製らしいとわかる。

「ねえ、そんなことして怒られないの」

「見つかれば怒られるよ、そりゃ」

「釣った鯉はどうするの？」

「わかんない。まだ釣れたことないから」

「ふうん……」

その時、コタローがピクリと耳を震わせた。少し遅れて、砂利を踏む足音が近づいてくることに気づく。玲央は「やべっ」と呟くと、釣竿を近くの庭木の陰に隠し、竹林《ちくりん》のほうへと駆けていってしまった。コタローもそのあとに続く。

逃げ足の速さに呆気《あっけ》にとられていると、拝殿のほうからコンビニ袋を提げた波留斗がとことこ歩いてきた。アメリカンドッグを美味しそうにもぐもぐしている。

「ん、すずひゃん」

広げた手を呑気にひらっと振ってみせる。

「逢坂さん、どこ行ってたんですか。もうすぐ朝拝なのにお掃除サボってるって、椋鳥さんが困ってましたよ」

「サボってないよ、今から本気出すんだよ。まったく、信用ないなあ」

ブツブツ言いながらそのまま拝殿とは反対の方向に歩いていこうとする。

「どこ行くんですか」

「だって、こんなとこにいたら見つかっちゃうじゃん」

「やっぱりサボる気じゃないですか」

「見逃して」

「だめです」

「あんまんあげるから」

「そういう問題じゃなくて、――」

タイミングよくあんまんを口元に差し出され、思わず口を開ける。はむ、と頬張ると、ふかふかの皮の中から熱いあんが溢れ、口内いっぱいに甘さが広がった。

――おいしい……。

「いい顔するなあ、すずちゃん」

嬉しそうに言って、波留斗もアメリカンドッグを齧《かじ》る。二人で向かい合って無言でもぐもぐしていると、拝殿のほうから慌ただしい足音が近づいてきた。

「――こらっ、波留斗くん。どこに行ってたんですか」

椋鳥の登場に、波留斗がうへえ、という顔をする。

先ほどは位置関係的に気づかなかったが、椋鳥は驚くほど身長が高かった。百八十センチは優に超えているだろう。ひょっとしたら百九十センチ近いかもしれない。

「わかってますって、雨どいの掃除でしょ」

「それはもう明日でいいですから。今すぐ拝殿のほうに。あなたにお客さんです」

「え、ほんと？　誰、こんな朝っぱらから」

　波留斗がまたしてもすずの手を取り、勝手に腕時計を覗き込む。針はまだ七時過ぎを指していた。

「真澄《ますみ》ちゃんを連れているから梅子《うめこ》さんのほうでしょう。お相手をお願いしますよ」

「あー、なんだウメちゃんね。どうせ用があるのは俺じゃなくてお宝のほうだろうけど」

「でしょうね、おそらく。今から優羽真くんに言って蔵の鍵を持ってきてもらいますから」

「りょーかい」

　波留斗はすずの食べかけあんまんをあぐっと口に咥えると、コンビニ袋をごしゃごしゃ丸めながら歩き出した。

3

　拝殿の前に立っていたのは、和服姿の老女だった。凜《りん》と背筋を伸ばし、静かに手を合わせている。近づいていくと、その向こう側に小さな女の子が立っていることに気づいた。玲央と同じくらいか、少し上かもしれない。ツインテールに結んだ髪と、濃紺のワンピースがよく似合っている。人形のようにきれいな顔をした、目を引くほど可愛らしい子だ。

「あっ、波留くんっ」

波留斗の姿を認めると、嬉しそうに駆けてくる。ぴょんと飛び上がった身体を、波留斗が軽々と抱き上げた。

「真澄ちゃん、おはよー」

「おはよ。あのね、髪ね、おばあちゃんにしてもらったの。波留くんがすきかなーっておもって」

「うん、かわいい。プリンセスみたい」

女ごころのツボを心得たコメントに、うふ、と嬉しそうに笑って首に抱きつく。波留斗のまんざらでもない様子に、すずは何となくもやっとしたものを覚えた。

——誰にでもかわいいかわいい言ってるとあれですからね、そのうち本気で可愛いって言った時に誰にも信じてもらえなくなっちゃいますからねっ。

「おはよう、波留斗」

参拝を終えた老女がこちらに歩み寄ってきた。近くで見ると、額と眉間《みけん》に神経質そうな深いしわが刻まれているものの、肌が白く滑らかであることに驚く。上品に着こなした紫地の江戸小紋《えどこもん》には、よく見ると錐彫《きりぼ》りの梅模様が施《ほどこ》されている。帯留めは銀製で、こちらも梅の花がモチーフになっていた。

「おはよー、梅子さん。どしたの今日は。ずいぶん早いじゃん」

「真澄まで連れて、悪いわね。この子が一緒に行くと聞かないものだから」

そこでふと、すずに目を留める。

「こちらは?」

「ああ、今日から助勤してもらう巫女のすずちゃん。——この人はね、梅子さんていって、うちのじいちゃんの妹さんね。大丈夫、意外と怖くないから」

慌てて波留斗の隣に並び、頭を下げる。

「よろしくお願いします、猫牟田すずです」

「……猫牟田、さん?」

梅子は何やらまじまじとすずの顔を見つめてから、会釈《えしゃく》した。

「愛染院《あいぜんいん》梅子と申します。この子は孫娘の真澄」

真澄は波留斗の腕の中に収まったまま、じっとこちらを見つめていた。すずと目が合うと、ぷいっとそっぽを向いてしまう。早速嫌われたようだ。ライバルとでも判断されたのかもしれない。

「忙しそうね。朝拝の時間までには失礼しますから」

「こっちはいいけど、〝染乃屋《そめのや》〟は大丈夫なの? 梅子さんがいないと大変なんじゃない?」

「チェックアウトの時間までには戻りますよ。まったく、気が休まる暇《ひま》もありゃしない。若女将《わかおかみ》がもう少ししっかりしてくれたら引退できるのだけど」

白い眉間にぐっとしわが寄る。今の会話から推察するに、この人は旅館か何かの大女将らしい。そしてこの深いたてじわの主な原因は、どうやらその若女将とやらにあるようだ。もしかするとお嫁さんかもしれない。

「本人は一人前のつもりでいるからたちが悪いんですよ。何を言っても『時代が違うから』で終わらせて。まったく、素直さのすの字も知らないのだから。辰彦《たつひこ》だって、――」

「まあまあ」

長引きそうな愚痴《ぐち》を波留斗がさらっと流し、

「こんなとこで立ち話もなんだから、社務所に行かない？　お茶でもどう？」

「いいえ、結構よ」

梅子はあっさり断ると、

「時間もないことだし、さっそく蔵を見せて頂戴」

『蔵』は本殿の裏手にひっそりと建っていた。それこそ時代劇に出てきそうな古い土蔵だ。うっすら茶色がかった壁には、ひび割れを繕《つくろ》ったらしい白い筋が稲妻《いなずま》のように走っている。

梅子、すず、波留斗、そして抱っこされたままの真澄の四人で待っていると、社務所の方向から優羽真が歩いてくるのが見えた。神職姿だが、袴は浅葱色ではなく全身真っ白だ。さっきより不機嫌そうなところを見ると、せっかくの寝入りばなを起こされでもしたのだろう。壊れた眼鏡の代わりに古いものでも引っ張り出したのか、ヘンテコな黒ブチ眼鏡をかけている。

「持ってきた」

仏頂面でそう言って、驚くほど大きな鉄製の鍵と、妙な道具を持ち上げてみせた。木製の持ち手の先に、複雑な形に折れ曲がった長い金属棒がついたものだ。

波留斗と優羽真が二人がかりで土蔵の鍵を開ける間、すずと梅子、真澄は扉に背を向けて立っていなければならなかった。鍵の取り扱いは門外不出らしい。

数分後、金属を引きずるような長い長い音が響いたと思うと、背後から冷たい空気の流れを感じた。カビとホコリの混じった独特の匂いが鼻を突く。

「お待たせー」

振り向くと、開いた大きな扉の向こうに薄い暗闇が広がっているのが見えた。冒険心をくすぐられるとともに、恐怖心が足元をするりと撫でる。

「中は危ないから、真澄ちゃんは外で遊んでてね」

「やだ、波留くんといる」

「だめよ、真澄。言うことを聞きなさい」

「や」

真澄は波留斗の袴に顔を埋め、イヤイヤしている。

「――子供が蔵に入ると化け物に食われるぞ」

腕組みした優羽真が怖い顔で言うと、真澄は怯《おび》えたように身を竦《すく》ませ、さらにきつく波留斗にしがみついた。ダメだ。完全に子供の扱いができていない人だ。

「あ、真澄ちゃん。ほら、玲央とコタローが一緒に遊ぼうだって」

見ると、いつの間にか本殿の傍《そば》にコタローを抱いた玲央が立っていた。真澄の顔がパッと明るくなり、「コタロー！」と嬉しそうに駆け出す。波留斗が玲央に目配せし、グッジョブ、と親指を立ててみせた。

「じゃ、今のうちに。すずちゃんもおいで。床、汚れてるからこのスリッパ履いてね」

「はい」

真澄には簡単にもふもふさせているコタローを恨めしく思いつつ、すずは波留斗から手渡されたスリッパを土蔵の床に下ろした。

静まり返った蔵の奥で、カチリと音がする。波留斗が灯《とも》した裸電球が、脚立の上に座る彼の姿をぼんやりと照らした。

土蔵の中に収められた物たちが微かな光の中に浮かび上がる。裸電球の揺れに合わせ、黒い影たちが生き物のように蠢《うごめ》いた。大きな箱やさまざまな高さの棚に視界を阻《はば》まれ、蔵全体を見通すことはできない。まるで迷路のようだ。

「待ってね、今明るくするから」

波留斗と優羽真が下から長い棒を伸ばし、天井近くの窓を順番に開け放っていく。朝の光が射し込み、深い眠りについていた蔵の目覚めを強引に促した。

白い光の帯の中で、ホコリがウネウネと舞っている。それをぼんやり見ていたら、幼い頃、自宅の納戸《なんど》に隠れた記憶が蘇った。あの時は確か、兄も一緒だった。日本舞踊《ぶよう》の稽古に行くのが嫌だと駄々をこねるすずに、兄が付き合ってくれたのだ。真っ暗な納戸の中、並んで体育座りしながら、二人は息を潜め、廊下を行き来する母の足音を聞いていた。

――ガシャン、という大きな音が響き、すずは我に返った。「あっぶな、脚立倒しそうになったー」という波留斗の声。棚の向こうを、畳まれた背の高い脚立が移動していくのが見える。いつの間にか天窓は全て開け放たれていた。

ふと見ると、壁際の床に大きな布が落ちていた。近づいてみて、それが壁際に置かれた大きな屏風を被《おお》っていたものらしいと気づく。何かの弾みで落ちてしまったようだ。

屏風はかなり古いものなのか、全体が飴色《あめいろ》に変色し、木枠の漆《うるし》は一部が剝げている。せっかくの墨絵も掠《かす》れてしまっているが、挿《さ》し色として使われた朱色の染料だけは劣化を免れたのか、それとも後に塗り直されたのか、今もその鮮やかな色を保っていた。

一歩下がって全体を眺める。どうやら何かの儀式を行っているところを描いたものらしい。炎の前に座る、黒い装束と烏帽子《えぼし》を着けた男性。その彼を囲んで手を合わせる人々。

そして、──少し離れたところに描かれた奇妙なものに気づき、すずは屏風の傍《かたわ》らにしゃがみ込んだ。

──妖怪……？

子供の大きさくらいの、小さな生き物。腰巻しか着けておらず、猫背で立つその姿は不気味だった。よく見ると、頭から小さな角のようなものが突き出ている。

「それ、気に入ったの？」

すぐ後ろに波留斗が立っていた。高窓を開けるための棒を脇に置き、すずの隣に並んでしゃがむ。

「この鬼みたいなの、何かなって思って」

「これはね、式神」

「シキガミ……？」

「ここにいるのが、陰陽師《おんみようじ》でしょ」

烏帽子を着けた男性を指差し、

「この人が召喚《しようかん》する、いわゆる低級神みたいなものらしいよ。敵の情報を集めたり、旅先が安全かどうか先に偵察《ていさつ》しに行ったり、──呪った相手の寝首をかいたり」

「え。神なのに……？」

「そ。ホイホイ使い走りさせられちゃうくらいだから、よっぽど身分が低いんだろうね。

または騙されやすくて陰陽師にうまく丸め込まれてるのか、弱みを握られて嫌々やらされてるのか」

改めて屏風を見つめる。そこに描かれている〝式神〟は、すずが抱いているイメージとはかけ離れた姿をしていた。映画やマンガでは、紙を折って作った真っ白な鳥だったり、可愛い動物だったりするのに。

「もしかして……逢坂さんも頑張れば操れたりするんですか、式神」

怖さ半分、わくわく半分で訊《き》くと、

「俺？　無理無理。別に陰陽師じゃないし。神主だし」

「でもでも、実はこういう蔵とかに秘密の巻物が隠されてて、禁断の呪文を唱えたらひょっこり現れたり」

「しないよ。第一、式神なんかホントにいるわけないじゃん。ただの作り話だってば」

「………」

「あ、なに今の〝こいつつまんねーの〟みたいな顔」

きゃはは、と明るい笑い声が聞こえ、首を巡らせると、開け放たれた蔵の入り口から、コタローと戯《たわむ》れる真澄の姿が見えた。玲央が少し離れたところに立ち、その様子を見守っている。二人はなかなかいい雰囲気のようだ。

「玲央くんも親戚の子なんですか？」

「ああ、玲央はね、俺の友達」

「お友達？」

「そ。土曜の夜から日曜日の間だけ預かってるの。お母さんが百貨店で働いてるからさ。初めは学童に預けてたらしいんだけど、あいつ目を離すとすぐ脱走するから」

「えっと……玲央くんのお母さんと逢坂さんがお友達ってことですか？」

「違うよ、玲央と俺が友達。まあ預かってるって言っても、神社の仕事を手伝ってもらったりしてるし、逆にこっちが助けられてるかな。ちびっこ神主として人気者だしね」

波留斗は歳の離れた友人を微笑ましく見つめ、

「いいなー。あのくらいの時ってさあ、一日中好きなことしてても何とかなったもんね。自由だったなあ」

すずは波留斗の幼い頃に思いを馳《は》せた。今より自由だったということは、超絶フリーダムな毎日だったに違いない。

「逢坂さんて、どんな子供でした？」

「んー、わりと悪いガキだったかな。じいちゃんに怒られてよく閉じ込められたし、この蔵に」

「えっ、……ここに……？」

「そう。真っ暗な中に放り込まれてさあ。あれの点《つ》け方も自力で学んだんだよ」

波留斗は天井にぶら下がる裸電球を指し示してから、

「一番きつかったのは池の錦鯉を釣った時かな。褒めてもらえると思ってドヤ顔で報告に行ったら思いっきりゲンコツ食らって、半日くらい出してもらえなかった。あの時はさすがに命の危機を感じたよね。死に物ぐるいで脱出口を見つけて、それ以来閉じ込められても五分で抜け出せるようになったけど」

池で釣り、と聞いて玲央の顔が浮かんだ。なんだか微笑ましい。いたずらっ子の考えることはいつの時代もだいたい同じようなものなのだろう。

「蔵の中では優羽真さんも一緒だったんですか?」

「一人だよ。優羽真はその頃、ここに住んでなかったから」

「……そうなんですか」

一瞬、沈黙が降りる。波留斗の表情に変化はなかったが、何となくそれ以上聞いてはいけない気がして、すずは咄嗟《とっさ》に話を変えた。

「あの、梅子さん、は」

「ん?」

「今日は、何かを取りにいらっしゃったんですか、この蔵に」

「ああ、取りにきたって言うより、――物色?」

「……物色……」

「じいちゃんが持ってるお宝の一部が生前贈与されることになったから、どれを貰えば得かなーって時々こうやって物色しに来るの。まだまだ先の話なのにね。妹に抜け駆けされたくないから必死なんじゃゃない？」

「妹さん、ですか」

「そ。生前贈与を受ける権利のある人がもう一人いるの。妹のほうも同じこと考えているから、お互いコソコソしながら別々に訪ねてくるんだよ。仲良く分けっこすればいいのに」

波留斗は言いながら苦笑した。どんな顔をしていいかわからず、すずは曖昧《あいまい》に笑みを浮かべた。サラッと聞いてしまったけれど、もしかして今のって、かなりヘビーなお家事情だったのでは。

「――妙な陰口を叩くのはおやめなさい」

ぎょっとして見上げると、いつの間にか二人の背後に梅子が立っていた。波留斗は「あ。いたの梅子さん」と悪びれない。

「陰口じゃないよ、いつも直接言ってんじゃん。二人で一緒に見に来れば？　って」

「あの子の都合に合わせられるほど暇ではないの。コソコソした覚えもありません。それに」

梅子はじろりと波留斗を見遣《みや》り、

「贈与が〝まだまだ先の話〟になるかどうかは、あなた次第じゃないの」

「またすぐそーやってプレッシャーかけるー」

「ふざけていないで、いいかげん覚悟を決めたらどうなの。遅かれ早かれ、ここはあなたが継ぐことになるのだから。さっさと階位をお取りなさい」

それだけ言い捨てると、梅子はくるりと背を向け、蔵の奥に向かっていってしまった。

――すごい威圧感……。

思わず息を止めていたことに気づき、すずは急いで呼吸を再開した。身内とはいえ、物《も》怖《お》じせずにあの人と渡り合える波留斗の度胸に感動さえ覚える。

「まったくもー、ウメちゃん自分勝手」

「聞こえてますよ」

漏らしたぼやきにすかさず声が飛んできて、波留斗が肩をすくめた。

『贈与が〝まだまだ先の話〟になるかどうかは、あなた次第じゃないの――』

すずは梅子の言葉を反芻《はんすう》していた。引っかかる言い方だった。その生前贈与とやらと、波留斗が恋衣神社の跡を継ぐことに、何か関係があるのだろうか。

「――波留斗くん」

振り向くと、蔵の入り口に麻矢が立っていた。すずに微笑んでみせてから、

「椋鳥さんが呼んでる。手伝ってほしいって」

「はいはい。――すずちゃん、ちょっと待ってて」

波留斗はのんびり立ち上がり、「いてて、足しびれた」などと言いながらよたよた歩き出した。蔵の中で動き回ったためか、浅葱色の袴が汚れてしまっている。

「やだ、真っ黒じゃない」

「え？　そう？」

蔵の外に出た波留斗の袴を、麻矢がパシパシ叩く。「ちょ、いたっ、もっと優しく」「だって落ちないもの」などと言い合いながら、二人の足音が遠のいていった。

一人取り残されたすずは、とりあえず床に落ちていた布を拾い、立ち上がった。ホコリを軽く払い、目いっぱい背伸びして屏風にかけ直す。

『いいなー。あのくらいの時ってさあ、一日中好きなことしてても何とかなったもんね。自由だったなあ』

一度はうまく引っかかった布が、再びパサリと落ちた。

——恋衣神社の跡継ぎ、か……。

歴史ある神社を背負うことは、どれほどの重圧なのだろう。冗談めかしたあの呟きは、いいかげんに見える波留斗がふと漏らした、彼の本音なのかもしれない。

もう一度拾い上げた布をぼんやりと見つめ、波留斗の顔を思い浮かべていると、肩にポンと手を置かれた。振り向いた瞬間、ほっぺに何かがズブッとめり込む。

「さっきから呼んでるのに、どうして気づかないんだ」

優羽真の仏頂面が目の前にあった。頰に刺さっているのは彼の人差し指だ。すずの手にある布に気づき、ヒョイと素っ気なく取り上げる。

「ホコリを吸うからどいていろ」

すずが一歩下がると、優羽真は手早く屛風を布で包んだ。よし、と呟き、ポンポンッと手を叩く。

「――波留斗がここを継ぐことの、これが交換条件なんだよ」

「……え？」

優羽真は顔を前に向けたまま、独り言のように言った。

「じいさん一人の望みなんだ。波留斗にここを継がせたいっていうのは。生前贈与は、それをあの人たち――梅子さんたち妹君《いもうとぎみ》に承服してもらうための交換条件。そういうことだ」

どうやらすずのために事情を説明してくれているらしい。中途半端な情報だけを渡され、放置されたすずに同情してくれたのかもしれない。

「あの、……神社のことはよく知らないですけど、宮司さんが決めるものじゃないんですか、跡継ぎって」

「神社ってのは、宮司の独断で動かせるものじゃないんだよ。役員会と総代会っていうものがあってだな。何をするにも協議、多数決で物事を決定しなきゃならない、ガチガチの組織なんだ。時には意見を通すために、こういう取引も必要になる。呑気に神様だけを相手にしてるわけじゃないんだ」

「大変なんですね……」

「大変だろうな。俺には関係ないが」

やや投げやりにそう言うと、優羽真はすずを置いてさっさと戻っていってしまった。

『じいさん一人の望みなんだ。波留斗にここを継がせたいっていうのは』

自分の財産をかけてまで、孫に自分の跡を継がせたいと願う祖父。波留斗はその気持ちに応えるために、その重責を負う覚悟を決めたのだろうか。

その時、ふとひとつの疑問が浮かんだ。

――波留斗たちの両親は、どこにいるのだろう。なぜ恋衣神社に関わっていないのだろうか。

トントン、と肩を叩かれ、何も考えずに振り向くと、再び何かがズブッと頬に刺さった。

「あんたがいろいろ聞くからなんで呼びに来たか忘れたじゃないか」

「……」

「こっちに来て脚立を押さえてくれ」

それだけ言うと、優羽真は返事を待たずにぷいっと踵《きびす》を返し、歩き出した。すずは人差し指の感触が残るほっぺをさすりながら、そのあとに続いた。

梅子の指示で優羽真が棚から降ろしたのは、ふたつの大きな桐《きり》の箱だった。

床に布を敷き、それぞれ慎重に箱から中身を取り出す。並んだのは、まったく同じどんぐりのような形をした白い壺。コバルトブルーの染付をあしらった青花白磁《せいかはくじ》だ。同じ絵柄かと思ったが、よく見ると一方は桜の木、もう一方には梅の木が描かれている。

「やはり素敵ね」

梅子はそう呟くと、双子の壺をうっとりと眺めた。まるで恋する少女のような眼差しで。

「梅子さんはこの壺に相当ご執心のようですね」

少し離れたところに立ったまま、優羽真が言った。

「それは、そんなに高く売れるものなんですか」

「なんてことを言うの、人聞きの悪い」

梅子が眉をひそめる。

「骨董品の価値は、美しさそのものにあるのですよ。売価はあとからついて来るものです」

「なるほど」

優羽真は真顔で頷き、

「すると、桜子《さくらこ》さんとは多少違ったお考えなわけですね」

その名前に反応したのか、梅子の顔色が変わった。

「……桜子が何ですって？」

「あの人もこの壺を見に来てますよ。鑑定士とやらを連れて、何度か。一週間ほど前にも一度」

「……」

梅子の顔がひきつり、怒りに歪んでいくのがわかった。

「……私に隠れてこそこそと……」

「あ。言わないほうがよかったかな」

「いいえ。よく教えてくれました。こちらも何か手だてを考えることにするわ。――それにしても、なんて意地汚い真似をするのかしら。あの子には心底呆れるわね」

憎々しげに言い放ったその時、

「あらあら、毎回抜け駆けしている自分を棚に上げてずいぶんな言いようだこと」

蔵の入り口を見ると、そこに和服を着た老女が立っていた。すずは息を呑み、新たな訪問者と梅子の姿を見比べた。――これは――。

「偶然ね、お姉さん。やっぱり双子だと通じるものがあるのかしらねえ」

二人はまったく同じ顔をしていた。梅と桜。よく考えたら二人の名前は双子の壺に描かれた絵と同じ組み合わせだ。

「――偶然、ですって？」

梅子は鼻で笑って、

「どうやらうちの旅館に薄汚い式神が紛れ込んでいるらしいわね」

「いやだわ、私がスパイを送り込んだとでもいうの？」

「しらじらしい。朝早くからご苦労なことね。鑑定士を送り込んだのは大方、私がこの壺を欲しがっているとでも報告を受けたからでしょう？　人のものを横から奪い取ることがあなたの楽しみだものね。昔から」

「言いがかりはやめて頂戴。私もこの壺が気に入ったの。それだけのことよ」

「鑑定額を聞いて余計に欲しくなったんじゃないの？　卸問屋《おろしどんや》の経営が右肩下がりらしいわね。壺を売り飛ばして赤字を埋めるつもりなんでしょ」

「おあいにくさま。お姉さんのところと違ってうちは順調よ。そちらこそ大変ねえ、先細りの老舗《しにせ》旅館じゃ、どんな大金を手に入れても焼け石に水なんじゃないかしら」

——どうしよう——。

傍にガソリンでもあったら引火しかねない二人のやり取りに、すずはただあわあわと狼狽《うろた》えることしかできなかった。そこに優羽真が「あの」と割って入る。

「そういえばこの前、見覚えのない掛け軸が一本出てきたのですが。まだお二人にはお見せしてませんよね。なかなか立派なものですよ。ご覧になりますか？」

「……」

立派な掛け軸、というキーワードを前に、二人の老女は矛《ほこ》を収めることにしたらしかった。お互い目を合わせず、優羽真のあとについて蔵の奥に移動を始める。

すずもついて行こうとすると、先頭の優羽真が振り返り、「ストップ」と手のひらを広げてみせた。

「あんたはここで壺の番。蔵の入口はそこだけだから、ちゃんと見張っているように」

三人が連れ立って棚の向こうに消えてしまうと、すずはすごすごと元の場所に引き返した。

ふたつの白い壺の正面にしゃがみ、ぼんやり眺める。確かに綺麗だが、本当にそんなに価値のあるものなのだろうか。お互い掛け替えのない存在であるはずの姉妹があんなふうに争ってまで手に入れたがるほどの、大きな価値が。

ふと背後に空気の動きを感じた気がして、すずは振り返った。下から見上げているせいか、両側の棚から押し潰されそうな圧迫感を覚える。狭い場所に一人で閉じ込められているような恐怖を感じ、すずはそろそろと立ち上がった。明かり取りの窓からは太陽光が射し込んでいるけれど、光の届かない薄暗がりはやはり不気味だ。

奥のほうからぼそぼそと三人の話し声が聞こえる。早く戻ってこないかな、と心細さを感じていると、――すぐ近くをタタタ、と駆けぬける音がした。

「……」

いったん後ろを振り返り、顔を戻す。しばらく考えてから、ぞくりと背筋が凍った。

――今の、なに？

足音が確かに聞こえた。外からではなく、この蔵の中で。

息を殺し、辺りを見回す。棚のほうに首を巡らせると、――目の端をスッと黒い影が横切った。心臓が跳ね、足が竦む。

――何か、いる――。

屏風に描かれた式神の醜《みにく》い姿がちらついた。暗がりに身を潜め、こちらを窺《うかが》う小さな鬼
――ぞわりと全身の毛が逆立つ。

すずはじりじりとあとずさりを始めた。パッと踵を返し、三人の声がするほうに小走りで向かう。

棚の迷路はくねくねと曲がりくねっていた。狭い蔵の中、そんなに距離があるはずもないのに、いくら足を進めてもなかなか辿り着けない。すぐ後ろに何かがついて来ているような気がして、すずは必死で足を進めた。

「――あのっ」

やっと突き当たりに到達すると、掛け軸を垂らした優羽真と双子の老女が同時にこちらを見た。

「どうした」

「今、そこに――」

ガチャン、という乾いた音が蔵に響いた。四人が一瞬動きを止める。

最初に動いたのは優羽真だった。掛け軸を脇に置き、すずの横を風のようにすり抜けていく。すずも慌ててあとを追った。今通ってきたばかりのルートを遡《さかのぼ》り、進んでいく。

「優羽真さん、――」

棚の陰に優羽真が立っていた。追いつき、その背中の向こう側を覗き込んで絶句する。

自分の顔から血の気が引いていくのを感じた。

――壺が割れている。梅のほうだ。まるで斧《おの》を振り下ろしたように、真ん中から真っ二つになっている。そしてさらに奇妙なことに、さっきまで隣に置いてあったはずの桜の壺が見当たらない。

「何の音なの、今のは」

立ち尽くしていると、後ろから二人の足音が近づいてきた。

「たぶん見ないほうがいいと思いますよ、血圧が――」

優羽真が言い終える前に、すずの背後でけたたましい悲鳴が上がった。

4

社務所の大広間は、まるでお通夜のような空気だった。

中央に布団が敷かれ、卒倒した梅子が横になっている。傍についているのは麻矢とコタロー、そして真澄だ。心配そうに祖母の顔を見つめている。

「それで、――もうひとつの桜の壺はいったいどこに消えたのよ」

忌々《いまいま》しげに呟いたのは桜子だ。険しい表情で上座《かみざ》の座布団に座っている。

すずは部屋の端っこにちょこんと正座し、小さくなっていた。大切な宝物から目を離してしまった責任が後頭部にのしかかり、顔を上げることができない。

「まあ、そうイライラしないで。椋鳥さんと優羽真が蔵の周りを探してくれてるからさ」

壁際で胡坐《あぐら》をかいている波留斗は、真っ二つになった壺の片割れを弄《もてあそ》んでいた。ひっくり返したり、表面を撫でたり。傍らには大きな布が広げられ、その上にはもう半分の残《ざん》骸《がい》と細かいパーツが並べられている。

「そんなもの、私の目に入るところに置かないで」

桜子が眉をひそめる。その視線がふとすずに留まった。

「ねえ、あなた」

「は、はいっ」

すずの身体がぴょこんと跳ねる。

「蔵の入り口からは、本当に誰も入ってきていないのね？」

「入ってきてません。……たぶん」

「他に何か見ていないの」

「……ええと」

すずは蚊《か》の鳴くような声で、

「足音と、……黒い影と……」

「それはもう聞きました。あなたの話を信じて蔵の中をすぐに探したけれど、誰もいなかったじゃない。他に何か思い出せないのかと言っているのよ」

「……すみません……」

「ストップ」

波留斗が割って入る。

「桜子さん、すずちゃんいじめないでよ。怖がってるじゃん」

「いじめるだなんて。ただの事情聴取ですよ。何ですか、人を悪者みたいに」

桜子はフイと顔を逸らし、膝の向きを変え、座り直した。

「真澄ちゃん」

ぴく、と真澄が肩を揺らした。

「さっき、男の子と一緒に蔵の前で遊んでいたわよね。何か見なかった？」

「……」

俯《うつむ》いたまま首を横に振った真澄に、さらに尋《たず》ねる。

「あの子、……玲央くん、だったわね。玲央くんとは、ずっと一緒だったの？　あなた、蔵に入りたがっていたらしいけど、もしかしたらあのあと、こっそり忍び込んだんじゃない？」

「——お待ちなさい」

今度は梅子が止めに入った。麻矢の手を借り、布団の上で上体を起こす。

「まさか、真澄のせいにしようとでもいうの？」

「そんなつもりはないけれど。でも、可能性はゼロではないわよね」

「バカバカしい。この子がそんなことをする理由がありません」

「故意にやったとは限らないわよ。蔵に忍び込んだ時にぶつかって倒したのかも」

「蹴飛ばして転がったくらいであんな割れ方はしないでしょう。あれは明らかに持ち上げて落としたのよ。真澄がわざわざ壺を割る理由は何？」

「そうね」

桜子は少し考えて、

「大好きなおばあちゃんが壺に執着している姿を見たくなかった、とか」

「……あなた、本気で言っているの？」

「さあね」

「今は冗談に付き合っている気分じゃないの」

梅子が枕元に置かれた水差しに手を伸ばすと、代わりに麻矢がグラスに水を注《そそ》いだ。水を一口飲んで、ふう、と息を吐く。

「こんな犯人探しみたいな真似は不毛です。今すぐ警察を呼ぶべきだわ」

その言葉に、場の空気がピンと張りつめた。

「やめてよ姉さん。警察だなんて」

「素人《しろうと》がいくら束になっても無駄よ。指紋《しもん》を取って、きちんと現場検証してもらいましょう」

「えー、やば。俺めっちゃ触っちった」

波留斗が慌てて壺の破片を元の場所に戻している。

「まさか外部の人間がやったとでもいうの？」

「今さら何を言ってるの。現に桜の壺がなくなっているじゃないの。これは盗難よ」

「私は反対だわ。まだ盗まれたと決まったわけでもないのに」

「それならどこに消えたというの。時間が経過すればそれだけ犯人の痕跡《こんせき》は薄くなるのよ。

何事も早めに手を打たなければ」

「せっかちなのよ、姉さんは。それでいつも必要以上に騒ぎ立てて、周りに迷惑をかけるんだわ」

「なんですって。私がいつ――」

再び言い争いを始める二人。まさに修羅場《しゅらば》だ。いたたまれなくなったすずは立ち上がった。「わたしも壺を探してきます」と頭を下げ、逃げるように障子戸の外に出る。

――どうしたらいいんだろう……。

途方に暮れ、とぼとぼと外廊下を進んでいく。弁償《べんしょう》、という言葉が先ほどから脳裏を行ったり来たりしているが、そもそも壺の価値はどれほどのものなのだろう。あの二人が取り合いをするくらいだから、すずが払える額とはとても思えない。

『まさか外部の人間がやったとでもいうの?』

すずは考え込んだ。梅子の言うように、もし犯人が外部の人間だとしたら。誰にも遭遇せずに忍び込み、逃げ出すことなど可能だろうか。それも、あんなに大きな壺を抱えて。

いや、現に壺は割れているのだし、桜の壺は消えている。誰かが梅の壺を割り、桜の壺を持ち去ったことは確かだ。問題は、犯人がどんな手段で壺を持ち出し、そして煙のように消えたか、だ。

改めて蔵の中での出来事を回想してみる。足音。黒い影。そこに、自然と真澄と玲央の顔が浮かんだ。あの時聞いた足音は、明らかに大人のものではなかった。もっと軽い、……そう。ちょうどあの二人くらいの、子供の――。

けれど、とすずは首を傾げた。あの子たちが壺を持ち出そうとする理由がわからない。桜子が言っていた動機には無理があるし、ただのいたずら、というのも説明がつかない気がする。

首を傾げ傾げ外廊下を進んでいくと、先ほど椋鳥と遭遇した辺りの手すりに玲央が腰かけていた。足を外側に投げ出し、こちらに背中を向け、遠くを見ている。

「玲央くん」

声をかけたが、すずのほうをちらりと見ただけで、向こうを向いてしまった。

隣に並んで立つ。玲央の視線を追ってみたが、そこには背の高い竹塀と竹林が見えるだけだった。

「――みんな、僕のことうたがってるの？」

玲央がぽつりと言った。一瞬、言葉に詰まる。

「そんなことないよ。疑ってるわけじゃないの。ただ、……」

すずは少し迷ってから、

「あの時ね。わたし、足音を聞いたの。子供みたいに小さな足音。それから、小さい影みたいなものも見た。……もし、二人が蔵に忍び込んでたとしたら、犯人を見てるんじゃないかなって……」

「しのびこんだりしてないよ」

「……本当に？　真澄ちゃんも？」

「ずっといっしょにいた。コタローと庭であそんでた」

玲央がすずの顔を見る。

「やっぱりうたがってるんじゃん」

「ごめん、そういうつもりじゃないんだけど……」

静かに見つめられ、何も言えなくなる。その時、玲央がおもむろにすずの腕を摑《つか》んだ。

ぐいっと引っ張り、耳元に口を寄せる。

「だれにも、いわないでくれる？」

なぜかやけにドキドキしながら、うんうん、と頷くと、玲央はさらに声を落とした。

「僕、見たことがあるんだ。ずっと前、あの蔵にしのびこんだ時、地下の部屋で」

「……地下の、部屋……？」

「棚の向こうから、こっちを見てた。こわい顔をした、へんないきもの。ちいさい、鬼みたいな」

「えっ……」

思わず玲央の顔を見る。彼の目は真剣だった。

「式神、って知ってる？」

「――」

さわ、と葉擦《はず》れの音が聞こえた。少し遅れて、竹林のほうから生温い風が流れてくる。

「あの蔵にはね、わるいことばかりする式神を封印した屏風があるんだ。きっと、その式神が怒ったんだよ。ゆっくり眠っていたいのに、おばあちゃんたちが蔵を何度も開けて邪魔するから」

すずは無意識に袂を握り締めた。古い屏風に描かれた醜い生き物。蔵の中で見た黒い影に、その姿が重なる。棚の間を縫《ぬ》うようにして移動する小さな鬼。その顔は怒りに歪み、こちらを睨みつけ――。

ポン、と肩を叩かれ、すずはヒャッと悲鳴を上げた。振り向くと、背後に波留斗が立っていた。バクバクする心臓の辺りに手を当て、大きく息を吐く。

「……びっくりした……」

「ごめんごめん」

波留斗は笑って、

「なんかさー、やっぱりウメちゃんが警察呼ぶって言って聞かないんだよねー。とりあえず、今すぐ桜の壺を持ってくるから待っててって言って、出てきた」

「警察、ですか……」

梅子の剣幕を思い出す。確かに、あの様子では制止しようとしても無駄かもしれない。

「せめて、桜の壺だけでも見つかれば……」

「だから、さっさと取りに行こうよ」

「そうですよね……」

頷いてから、ふと顔を上げる。

「え。なんか、どこにあるか知ってるみたいな言い方」

「知ってるよ」

波留斗があっさり言った。

「俺じゃなくて、玲央がね」

そう言って、玲央の前に身を屈める。

「桜の壺はどこにある？　お願い、教えて玲央。これ以上、話が大きくなる前に」

波留斗の穏やかな視線の先で、玲央はきつく唇を噛みしめていた。しばらく見つめ合ったあと、――やがて諦めたように力を抜いて、竹林のほうを指差した。


波留斗のあとをついて行くと、背の高い竹塀に辿り着いた。フックを引っ掛けるだけの簡単な鍵《かぎ》を外し、扉を開ける。中に入ってみると、そこは簡易な弓道場だった。左手に屋根のついた板の間があり、右手には盛り土とふたつの的が見える。

「あったあった。みーっけ」

見ると、板の間の端に見覚えのあるどんぐり型の壺が置かれていた。遠目に見たところでは、とりあえず無事のようだ。ホッと息を吐く。

「隠すならもっとちゃんとしっかり隠しなよ、玲央。まる見えじゃん」

玲央は項垂《うなだ》れ、入口の傍に立っていた。先ほどからひとことも口をきいていない。なんだか可哀相になったが、どう声をかけていいか、すずにはわからなかった。

——いったいどうして、こんなこと……。

理由が気になるところだが、それを聞き出すのはすずの役割ではない。とにかく今は、壺を回収して社務所に戻らなくては。そう思い直し、板の間のほうに視線を戻したすずは、ん？　と動きを止めた。

桜の壺が、ぴくりと跳ねたように見えたのだ。そんなはずはないとさらに目をこらす。もう一度、ぴくり。

「——」

今度こそ目の錯覚ではない。——壺が、確かに動いている。

「あ、逢坂さん……」

「ん？」

「あれ、壺、う、動いて……」

「え。……あーほんとだ。かわいそ。苦しがってんじゃん」

波留斗がスタスタと板の間のほうに近づいていったかと思うと、壺をひょいと抱え、小走りで戻ってきた。「やばいやばい」と言いながら弓道場を出ていく。

わけがわからないまま、あとを追う。壺を抱えているのに、波留斗の足は速かった。立ち木の中に紛れ、姿が見えなくなる。一度見失った背中を見つけた時、彼は池のほとりに立っていた。壺を持ち上げ、おもむろに逆さにする。

壺の中から白いものがにゅるりと出てきた。池に落下し、水しぶきが上がる。

「──逢坂さん、」

駆けつけてみると、波留斗は壺を脇に抱え、膝に手をついていた。肩で息をしながら「……ちょ、……タンマ……」と喘《あえ》ぐ。相変わらず、まったく体力がない。

池の中に、一匹だけ白い鯉を見つけた。他の仲間たちよりも一回り小さなサイズだ。壺の中から解放されたことでパニックに陥っているのか、慌ただしく右往左往している。すずはその姿を呆然と見下ろしていた。

思いもよらなかった。まさか、釣った魚を入れるために壺を使ったなんて──。

「鯉は生命力あるって聞くけど、ここまで逞《たくま》しいとはねー」

スイスイと泳ぎ回る鯉を見下ろし、波留斗は感心したように言った。

「それにしても、よくこんな小さい口から入ったなあ。意外といけるもんだね」

呑気に壺の中を覗き込んでいる波留斗の袂を、玲央がツンと引っ張った。俯いたまま、「ごめんなさい」と小さな声で呟く。

「真澄ちゃんに釣りを教えたら、すぐにあの白い鯉がかかったんだ。波留くんに見せたいって言うから、入れ物を探しに行って。蔵の中であの壺を見つけて、……そんなにだいじなものだと思わなかったから、借りたんだよ。その時に、もうひとつの壺を足で倒しちゃって、それで——」

「違うだろ、玲央」

波留斗が静かに言った。

「倒れただけじゃ、壺はあんなふうに割れない。底の部分が一部粉々になってたから、落として割ったことは明らかだ。俺が見たってわかる」

「……それは、……」

「玲央は壺を割ってない。——割ったのは、真澄ちゃんなんじゃないの」

「——」

玲央がぐっと言葉を呑み込む。池の中で、鯉がバシャッと跳ねた。

「釣られた鯉は、かなり暴れたと思うよ。小さくても力が強いから、竿を支えるのは玲央じゃなきゃ無理だ。入れ物を探しに行って、蔵の中で壺を割ったのは真澄ちゃん。そうだよね」

「……違うよ、僕だよ。僕が蔵に入って、壺を」

「真澄ちゃんの足の裏を見ればわかることだよ」

「……」

「蔵の脇にある通気口。知ってるよね。身体の小さな子供しか出入りできない秘密の通路。真澄ちゃんは入れ物を探すため、あの通気口から忍び込んだ。裸足《はだし》じゃないとよじ登れないから、おそらく靴下《くつした》を脱いで。たぶん、初めてじゃなかったんじゃない？　そのルートを教えたのは、玲央だよね」

波留斗の声は優しかったけれど、言葉に揺るぎはなかった。

「真澄ちゃんの靴下を脱がせてみれば、蔵の床を歩いた汚れが残ってるはずだ。……もちろん、正直に話してくれたら、そんな野蛮《やばん》なことしないけど」

玲央は黙って聞いていた。そして、もう無駄だと悟ったのか、短く息を吐く。

「……僕が割ったことにしようって、思ったんだ。釣りを教えたのも、蔵の探検ごっこを教えたのも、僕だから。真澄ちゃんが壺を割ったのは、僕のせいだ」

小さな声で、訥々《とつとつ》と語る。

「真澄ちゃんのお母さん、お金がないってよくお父さんとケンカして、いつも泣いちゃうんだって。壺のお金を払わなきゃいけなくなったら、もっとケンカしちゃうと思うし、真澄ちゃんが可哀相だから、だから――」

「それじゃ、玲央のお母さんはどうなるの」

波留斗は玲央の前にしゃがみ込んだ。

「一人で一生懸命働いて、お金を大切に使いながら玲央を育ててくれてるのに。そんなお母さんに、壺のお金払わせるの？」

「――」

玲央の目に一気に涙が溜まる。泣き声を何とか堪《こら》えているが、涙の粒だけがぽろぽろと頬を滑り落ちた。

「好きな子を守ろうとするのは、悪いことじゃないよ。でもね。嘘をついていいのは自分で責任を取れる範囲まで。もし玲央が罪を被ったら、お母さんにその負担を負わせることになるんだよ？　誰かに守られてるうちは、そこまでちゃんと考えなきゃだめだよ」

玲央は白衣《はくえ》の袖《そで》でごしごしと目を擦り、怒ったような顔で頷いた。波留斗が優しく頭を撫でる。

ふとすずの顔を見た波留斗が、「あー、すずちゃんがもらい泣きしてるー」と指差した。

慌てて鼻を啜《すす》り、目をパチパチして涙を誤魔化《ごまか》そうとする。

「あ、それから」

波留斗は玲央の身体を池のほうに向かせ、「鯉にもごめんなさいしなさい」と言った。

玲央が神妙な顔で、「ごめんなさい」と頭を下げる。真剣な表情が微笑ましい。生意気だが、やはり彼はまだ幼《おさな》さの残る男の子なのだ。

「でも波留くん、どうしてわかったの。僕が嘘ついてるって」

「式神なんて胡散《うさん》臭いこと言うから。男がバレバレの嘘をつく時は、だいたい好きな女が絡んでるもんだよ」

波留斗はこともなげに言った。

「さてと。じゃあ、これ持って皆のところに戻りますか」

「……真澄ちゃんの靴下、脱がすの？」

玲央が不安そうに訊く。

「いや、それは真澄ちゃんのお母さんに任せる。俺はこれからもっと悪い子を叱らないといけないから」

波留斗は「やだなあ、怒られてるほうがよっぽど楽だよー」と呟き、頭をくしゃくしゃしながら歩き出した。


和室は、重苦しい空気に満ちていた。

麻矢に肩を抱かれた真澄がしくしく泣いていて、その隣では正座した玲央が口を真一文字に結んでいる。壺探しから戻った椋鳥と優羽真の姿もある。

全員を集めたこの部屋で波留斗の口から真実が語られたあと、誰もが口を開くことができずにいた。

すずは輪から少し外れ、障子戸の傍に正座してハラハラしながら状況を見守っていた。波留斗は白衣の袖に両腕を挿し込み、柱に寄りかかって立っている。そののんびりした表情からは、何の感情も読み取れない。

「――仕方ありませんね」

静寂を破ったのは梅子だった。

「壺を割った責任は全て私にあります。今回の生前贈与については、全ての権利を放棄しようと思います」

再び重い沈黙が降りる。

「その必要はないよ、梅子さん」

次に口を開いたのは波留斗だった。梅子がすぐに首を横に振る。

「そういうわけにはいきませんよ。家宝とも言える双子の壺のひとつを割ってしまったのですから、責任を取らないわけには――」

「確かに、セットがウリの壺だし、ふたつ揃った状態じゃないと価値はダダ下がりだろうなあ」

波留斗は頷いて、割れた梅の壺を親指でくいっと指し示した。

「これが本物ならね」

電流が走ったかのように、一同が動きを止める。

「……どういうことなの、波留斗。まさか、――」

「この壺の作者が作ったものって、昔から出来のいい贋作《がんさく》がうじゃうじゃ出回ってて。鑑定がかなり難しいらしいんだよね。じいちゃんから何度も聞かされてる話だけど」

「じゃあ、……この割れたものがその、贋作のひとつだっていうの」

「そ。だから、ウメちゃんが権利を放棄する必要はないの」

「そんな……。ということは、兄さんは最初から偽物《にせもの》を摑まされて……？」

「さあ、どうかな。じいちゃんがこの壺を買った時、俺まだ小学生だったからね。何処《どこ》から入手したのかも、それが信頼できるルートだったのかもわからない。けど、――少なくともこの壺が、あの時じいちゃんが買ったのとは別のものだってことは断言できる」

「別の……」

梅子が目を瞬く。

「――すり替えられたとでも？」

「そういうことだね」

「どうして、そんなことがわかるの」

「わかるよ、小さい頃からずっと見てきた壺だもん。元々本物だったかどうかはわからない。けど、少なくともこれは、俺が知ってる壺じゃない。絶対に」

すずはこの場にいる全員の顔を見渡した。皆、半信半疑といった表情を浮かべている。

――ただ一人を除いては。

「ひとまず、この割れたやつがニセモノかどうか鑑定してもらうってのはどう？　桜子さんはそのあたり、詳しいんじゃない？　――ね？」

皆の視線が桜子に集中する。彼女は青ざめ、膝の上で握りしめた拳を見つめていた。その様子を見た一同が、それぞれお互いに戸惑いの視線を交わす。

「桜子。あなた、何を知っているの」

梅子の問いかけにも、桜子は唇を噛んで押し黙っている。

「ねえねえ、優羽真ー」

「なんだ」

「先月さあ、桜子さんが鑑定士だとかいうインチキ臭いおっさん連れてきたじゃん？　あの時、土蔵に案内したのって優羽真だよね」

「ああ」

「ちゃんと見ててって、俺、言ったよね。席、外しちゃったの？」

優羽真は少し考えて、ポンと手を打った。

「そういえば、三十分ほど社務所に戻ったな」

「なんで」

「電話が入って、呼ばれて。結局は間違い電話だったんだが、つい話し込んで長くなった」

「それだ。もー、なんで間違い電話に三十分も付き合っちゃうのさ。意味わかんない」

ぶつぶつ文句を言ってから、

「まあ、その電話も作戦のひとつだったんだろうね。優羽真を追っ払って、その隙《すき》に鑑定士のおっさんが偽物の壺を運び込んですり替えた。違う？」

「……」

桜子は宙を見据え、体をこわばらせていた。やがてフッと脱力し、ぽつりと言った。

「兄が買ったあの壺は本物でしたよ、確かに。あの鑑定士、見た目によらず鑑定力だけはなかなかのものなの」

皆、息を詰めて桜子を見つめている。梅子でさえ、すぐには口を開けない様子だった。

「……桜子。今、波留斗が言ったことは本当なの」

「そうよ。安心して。そこにあるのは鑑定士の店に転がっていた精度の高い贋作。本物はうちの屋敷に飾ってあるから、無事よ」

「どうして、……」

梅子が怒りに声を震わせる。

「どうしてそんな、バカなこと」

「宝の持ち腐れじゃないの、あんな土蔵にいつまでも仕舞い込んでいたら。美術品は愛《め》でられてこそ価値があるのに」

「だから贋作とすり替えたっていうの？」

「そうよ」

開き直ったのか、桜子の声が大きくなる。

「取られたくなかったのよ、姉さんに、あの壺を」

「そんなことしたって、いつかはわかることじゃないの。贈与の時に鑑定をやり直したら、贋作だとすぐに――」

「初めから贋作だったことにすればいいって、言われたのよ。あの鑑定士に。どうせ、兄にはもうわからないんだからって、――」

「桜子さんは騙されやすいなあ。しっかりしてるように見えて、やっぱ温室育ちのお嬢様だよね」

言葉を遮られた桜子が、今度は波留斗を睨みつける。向けられたら石になってしまいそうな鋭い視線にも、波留斗は動じなかった。

「あのおっさん鑑定士が、ボランティア精神ですり替えに協力したと思う？　引っ込みがつかなくなってから脅すつもりに決まってんじゃん。そんな奴に弱み握られたら最後、持ってるもの全部、搾《しぼ》り取られちゃうかもよ？」

「……そんな、……」

桜子の顔から血の気が引いていく。波留斗から言われるまで、そんなことは考えてもみなかったといった様子だ。

「人を騙す時は、自分の背後にも気をつけないと。本当に悪いのは、一番後ろで笑ってる奴だよ」

「――」

桜子は項垂れ、がくりと肩を落とした。先ほどまでの迫力が失われ、身体まで小さく縮んだように見える。

「……欲しかったのよ。……どうしても、あの壺が……」

力ない呟きが、静まり返った部屋に吸い込まれていった。

5

池の周りで、真澄とコタロー、そして玲央が追いかけっこをしている。ずっと玲央が鬼をやらされているらしく、「そろそろ代わってよー」というぼやきが聞こえた。

波留斗とすずが中庭を通りかかると、梅子が池の傍に置かれた竹製の縁台に腰掛け、子供たちの様子を眺めていた。

「――思い出すわね」

誰に言うでもなく、梅子が呟く。

「兄さんと桜子と私で、あんなふうによく追いかけっこをしたものだわ。鬼になりたくない私たちのわがままをきいて、兄さんはずっと一人で鬼を引き受け続けたっけ。今思えばよく耐えられたわね」

「言いなりになることが嬉しくて堪らないくらい、梅子さんと桜子さんが可愛い女の子だったんじゃないの？」

波留斗は冗談めかしてそう言って、すぐ傍の庭石に腰を下ろした。すずは「先に行ってます」と遠慮しようとしたが、手首を捕まえられ、隣に座らされた。

「梅子さん、桜子さんとは仲直りしたの？」

「仲直りも何もありませんよ。今後の話をしただけです」

「今後って？」

「あの壺をどうするか。――結論としては、生前贈与のリストから外そうということになったわ」

「外しちゃうの？」

「仕方がないでしょう。他にどうしろというの」

「桜子さんは辞退するって言ってるんだし、遠慮せずに貰っちゃえばいいのに」

「そんな気になれるものですか」

「どうして」

「わかるからよ、あの子の気持ちが」

「……」

「あの壺は、……梅の壺と桜の壺はね。きっと兄さんにとっての幼い頃の私たちなのよ。桜の壺は桜子、梅の壺は私。どちらも同じように、分け隔てなく大切にしてくれていた。それだけに、兄さんが壺をどちらに贈与するつもりなのかは、私の中でとても重要なことだった」

梅子は目を伏せ、小さく息を吐いた。

「結局私は、あの双子の壺が欲しいというより、桜子に取られたくなかっただけなのよね。兄さんを取られてしまう気がして、嫌だった。桜子もきっと、同じ。だからあんな無茶をしたのよ。もし私のところに鑑定士が現れていたら、私も同じことをしたかも……」

真澄の笑い声が響く。「もういっかい、玲央くんが鬼ね!」という声。玲央は渋々承諾したようで、「じゅー、きゅー、はーち、」とカウントダウンを始める。

「——ちょっと提案してもいいかな」

しばらく考えてから、波留斗が口を開いた。

「あの壺、二人で仲良く分けっこするって、どう?」

梅子と、なぜかすずが顔を見合わせる。

「でも、あの壺は対《つい》になって初めて、……」

「そうだね。別々にしたら美術品としての価値は下がっちゃうかもしれない。双子の壺は当然、ふたつ揃うことで意味を成すわけだから。……でもさ。それは、壺の売値の話でしょ。離れて置いていても、それぞれに価値はあるし、対であることに変わりはないわけだ」

「……」

「じいちゃんが、最初からそういうつもりであの壺を買ったのかどうかはわからないけど。でも、梅子さんは梅の壺、桜子さんは桜の壺、それぞれ仲良く分けっこして持っていてくれたら、兄として嬉しいんじゃないかって、俺は思うんだよね」

思いもよらなかった提案に、梅子は戸惑っているようだった。波留斗が白衣の両袖に手を入れ、のんびりと言う。

「よかったらさあ、直接じいちゃんに聞いてみなよ。三重なんて新幹線ですぐじゃん。俺なんか、暇ができると優羽真とよく行ってるよ。日帰りだと疲れるから泊まりで。梅子さんと桜子さんだって、たまには二人揃って旅行でも行ったら？　せっかく対になって生まれてきたんだし、仲良くすればいいじゃん。そのほうが楽しいと思うけど。老後も」

梅子は難しい顔で考え込んでいる。相変わらず眉間のたてじわは深いけれど、その表情はここを訪れた時よりずっと柔らかに感じられた。

「そうね。久しぶりに、兄さんの顔でも見に行こうかしら。桜子も誘って」

「この時期に紀州《きしゅう》温泉めぐりもいいんじゃない？」

「悪くないわね」

「あ。……でも、〝染乃屋〟は？　留守にして大丈夫なんだっけ」

「私がいないほうが従業員の士気が上がるのよ。最近じゃ、仕事といっても上げ足取りばかりだから。そろそろ引退して若い者たちに任せようと思っていたところだし、ちょうどいいかも」

梅子の顔にいたずらっぽい笑みが浮かぶ。ふふ、と笑ったその笑顔は、孫の真澄にどこか似ていた。

「……それより、波留斗」

「ん、なに」

「今、どさくさに紛れて〝老後〟と口走らなかった？」

「え。……言ったっけ」

「言いましたよ、確かに。勝手に年寄り扱いするのはやめてもらいたいわね。言っておきますけど、私たちにとって老後なんてまだ先の話ですから」

迫力ある視線を受け、波留斗は笑いながら「こわっ」と身を竦めた。

「――それじゃ、ここで」

梅子を見送りに出た波留斗とすずは、鳥居《とりい》を出たところで足を止めた。

「車は呼ばなくていいの？」

「少し歩きたいの。坂の下で拾うから大丈夫。さ、行きますよ、真澄」

「やだー」

真澄は波留斗に抱かれ、首にしっかりとすがりついている。

「波留くんもいっしょに帰るのー」

「波留くんはお仕事あるからさあ、一緒に行けないんだ。ね、また来てよ。待ってるから」

「やだっ。行くのー、波留くんもー」

波留斗は真澄を何とか引っぺがそうと苦戦している。――可愛い可愛いばっかり言って女をその気にさせるからそういうことになるんだもんね、とすずが内心舌を出していると、

「――猫牟田さん、っておっしゃったわよね」

いきなり梅子から話しかけられ、すずの背筋がシュッと伸びた。

「はい」

梅子はすずの顔をじっと見つめてから、言った。

「あなたひょっとして、猫牟田製薬のお嬢さん？」

「――」

虚《きょ》を衝かれ、一瞬言葉に詰まる。少し遅れて、すずは「はい」と小さく答えた。

「やはり、そうよね。猫牟田なんてそうある名前ではないし、もしかしたらと思ったの。先代には、――あなたのおじい様には生前、よくしていただいたのよ。遠方からの大切なお客様を招く時には、必ず染乃屋を使ってくださって」

懐かしそうに目を細め、

「やはりどこか、先代の面影があるわね。嬉しいわ、お会いできて。お母様に続いて、いずれはあなたが猫牟田の名前を継いでいくことになるのでしょうけど、もし何か困ることがあればいつでも相談して頂戴。できることがあれば力になりますから」

「……」

ありがとうございます、とすずが頭を下げたところで、やっと地面に降り立った真澄が駆け寄ってきて、梅子の手にすがった。

「帰ろう、おばあちゃん」

「あら、どうしたの。急に聞き分けがよくなって」

「あのね、波留くんが、真澄のお部屋に式神を送ってくれたんだって。机の引き出しで小っちゃい波留くんが待ってるって。早く帰ってあげよう」

「まあ、ほんと。それじゃ急いで帰らないと。――じゃあまたね、波留斗。また近く顔を出しますから」

「りょーかい。気をつけて」

真澄に手を引っぱられ、梅子は歩きにくそうにしながら坂を下り始めた。坂のずっと下を、自転車に乗った警官がのんびり横切るのが見えた。先ほどのお巡りさんだろうか。

二人の姿が見えなくなってから、すずは波留斗と並んで石段を上った。参道の左端を一列になって進みながら、前を歩く波留斗の後頭部を見つめる。

――知ってたのかな、最初から。

今の会話が耳に届いていたはずなのに、何も訊いてこないということは、彼はもうとっくに承知していたのかもしれない。もっとも、別に隠していたわけではないのだが。採用後に渡した履歴書にも父の名前を書いている。すずが猫牟田製薬の〝元〟社長の娘であることは、ネットででも調べればすぐにわかることだ。

「すずちゃん」

顔を上げると、波留斗は後ろ歩きしながらすずの顔を見ていた。

「ごめんね、ウメちゃんが余計なこと言って」

「……」

「別にプレッシャーをかけるつもりはなくて、ちょっとテンションが上がっちゃっただけだと思うんだ。染乃屋のことで世話になって、すずちゃんのおじいちゃんに本当に感謝してるみたいだからさ。その孫に偶然会えて、素直に嬉しかったんだよ」

すずが返す言葉を見つけられずにいると、波留斗はにっこり笑って、

「そんな、困った顔しないで。いいんだよ、難しいことは大人になってからで。今はまだ、自分のことだけ考えてれば。……肩に載っけてるものが重たいと、なかなかそういうわけにもいかないかもしれないけどさ」

それだけ言って、また前を向いてしまう。

すずはしばらく波留斗の背中を見つめてから、足早に追いつき、隣に並んだ。

「逢坂さんは、……重たくないですか」

「なにが?」

「肩に載せてるもの」

「……あー」

「自分の人生が勝手に決められてしまうことに、不安とか、反発とか、なかったですか。守らなきゃいけないものが重すぎて、逃げ出したくなったことは……ないですか」

「そりゃまあ、ないって言ったら嘘になるかな。……だけど」

波留斗は足を止め、正面の拝殿を見上げた。

「その場所がどこであっても、——それを背負うのが他の誰かのためだったとしてもさ。そこでどう生きていくかを決めるのは、結局自分じゃん? 俺は、どうせなら楽しんだほうがいいと思うんだよね。その中で何を大事にしていくか、自分で選べばいいんだよ。そうすれば、入口がどうであれ、それは間違いなく俺の人生になる」

「……」

横顔を見上げると、波留斗は「なんちゃってー」と言って再び歩き出した。すずも急いであとを追う。

胸が熱くなるのを感じた。彼は覚悟を決めていたのだ。迷いも、不安もあったけれど、それでも進むことを選んだ。祖父の遺志《いし》を継ぎ、この神社を受け継ぎ、守っていくために。

『初めから贋作だったことにすればいいって、言われたのよ。あの鑑定士に。どうせ、兄にはもうわからないんだからって――』

その祖父は今、病床にあるのかもしれない。それも、あまりよくない状態で。

桜子のあの言葉を、波留斗はどんな気持ちで遮ったのだろう。彼の心の内を思うと、何だかたまらなく苦しくなった。

「……逢坂さん」

「んー?」

「……」

隣を歩きながら、今の気持ちを口にしようとしたけれど、うまくいかなかった。すずの胸にあったのは、波留斗の背中に寄り添いたいような、頭を撫でてあげたいような、そんな不思議な感情だった。

中庭に戻ってくると、波留斗は池のほとりにしゃがみ込んだ。袂を探り、取り出したのは小さなビニール袋に入った茶色の塊《かたまり》。

おもむろに袋の中に指を突っ込み、粘土のような怪しい塊を千切っては池に撒《ま》く。一気に鯉たちが集まり、バシャバシャと水面が波打った。ものすごい迫力だ。

「すずちゃんもエサあげてみ。こっち、おいで」

「え、でも怖」

「いいから、ほら」

手を摑まれ、引かれるまま隣にすとんと腰を下ろす。

手渡された得体の知れない物体を、できる限り指の先だけで触るようにして千切っていると、先ほどの真っ白な鯉が目に入った。すっかり元気になったようで、仲間を押しのけてエサを取りに来ている。

「――どうして、わかったんですか」

「なにが」

「壺です。逢坂さん、壺がニセモノだって見抜いたでしょ」

「あー、あれね」

「やっぱり、小さい頃から美術品に触れてたりすると、目が肥《こ》えたりするんでしょうか」

「違う違う。骨董品の価値なんか俺にわかるわけないじゃん」

「……ならどうしてすり替えられたものだって」

「割れた壺に、あるはずのものがなかったから」

「あるはずのもの……?」

「そう。――あれは小学生の時だったなあ」

波留斗は何かを懐かしむように遠くを見て、

「じーちゃんにめっちゃ怒られたことがあってさあ。ゲンコツ二発もらって、夕ご飯まで抜きにされて。いや、あれはマジで酷かった」

「いったい何したんですか」

「池の鯉を釣った」

「あ、例の、半日も蔵に閉じ込められたっていう」

「いや、その翌日、二匹目を釣った時」

「……少しは懲《こ》りましょうよ……」

「お腹《なか》が空いて眠れなかった可哀相な俺は、夜中にこっそり起き出して台所に忍び込んだ。けど、食べられそうなものは何もなかった。打ちひしがれて部屋に戻る途中、あの双子の壺を見かけた。当時は蔵じゃなく、床の間に飾ってあったからね。お腹を空かせた可哀相な俺は、壺を前にして復讐《ふくしゅう》を思いついた。じーちゃんが大事にしてた梅の壺に、――油性ペンで落書きしてやろうって」

「えっ、……油性ペンで？」

「うん。表に書いたら次の日も夕飯抜きにされちゃうと思ったから、壺の口に手を突っ込んで、中に手探りで書いてやった。今はもう無理だけど、子供の小さい手ならそれができたんだ」

「壺の裏側に落書き、ってことですか」

「そうだね」

「地味」

「地味って言うな」

「なるほど……。割れた壺の裏側には落書きなんてなかった。だからニセモノだってわかったんですね」

すずはふむふむと納得してから、

「……え。……ってことは……本物の壺には、今も……？」

「うん、残ってるだろうね、俺の落書き。本格的に鑑定されて中を鏡か何かで覗かれたらやばいよねえ。油性ペンの落書き入りなんて、価値がガタ落ちだと思うし」

「どうしてさっき正直に言わなかったんですか。懺悔《ざんげ》のチャンスだったのに」

「だって怒られるじゃん」

「あとでバレたらもっと怒られるじゃないですか」

波留斗はそこで、やけに悪そうな微笑みを浮かべた。

「あの壺、ウメちゃんとサクラちゃんが別々に持ってる間は、売りに出されることもないと思うんだよね。しばらくはバレずに済むと思わない？」

「……まさか、……そのために二人で分けっこをおすすめしたんですか」

「そんなことないよ、まあ一石二鳥かなとは思ったけど」

「……」

——この人ってば……。

呆れを通り越し、すずはもはや感動さえ覚えていた。真の悪知恵とはこのことを言うのだろう。絶対に敵に回したくない相手だ。

「黙っててくれる？　コンビニで何か買ってあげるから」

すずはじっと波留斗の顔を見て、

「じゃあ、あんまん」

「おっ、あっさり。物わかりいいねー」

「いえ……」

——とても言えません、こんな恐ろしいこと……。

「すずちゃんてあんまん好きなの？」

「さっき初めて食べて、おいしかったから」

「えっ、マジで？　食べたことなかったの？」

「コンビニってあまり行かない、から……」

自分の無知が恥ずかしくて俯いていると、波留斗が頭をよしよししてくれた。

「じゃあ、冬になったらおでん食べようね」

「おでん？」

「コンビニのおでん、めっちゃ美味いから。あ、それまで食べちゃダメだよ。初おでんは俺とね」

波留斗が小指を差し出す。戸惑っていると、すいっと小指をすくい取られた。

「げーんまん。——はい、約束」

いつの間にか、水面《みなも》は静かになっていた。池に空の水色と雲が映り込み、小さな青空を閉じ込めたように見える。九時半から祈禱《きとう》の予約が入っていると言っていたから、もう少ししたら椋鳥が波留斗を探しに来るかもしれない。それまでの間、もう少しだけこうしていたいな、と思った。

「ちなみに、何を書いたんですか」

「ん？」

「壺のらくがき」

「んとねー、ナイショ」

むー、という顔をしたすずを見て、波留斗がくすっと笑う。

「そんな顔しなくても。……じゃあ、ヒントね。三文字のひらがな」

「ひらがな……？　はると、とか？」

「違う」

「じゃあ……ゆうま？」

「遠のいた」

しばらく考えたが、なかなか正解を出せずにいると、

「しょうがないなあ、じゃあ、教えてあげる」

波留斗が耳元に口を寄せ、こしょっと耳打ちした。それを聞いたすずは目をぱちくりと瞬き、一気に耳まで赤く染めた。

「あ、その反応かわいー」

からかうように顔を覗き込まれ、それを嫌って思わず肘で押しのけると、――バランスを崩した波留斗が池にころりと転がり落ち、大きな水しぶきが上がった。

恋ノ神と
似《エ》非《セ》文学少女

◆Koigoromo Jinja de machiawase◆By Sanagi Sakuragawa

1

十一、十二、……。十三、……十四――。
猫牟田《ねこむた》すずは、東校舎と西校舎を繋ぐ二階の渡り廊下から下を見下ろしていた。口の中で「じゅうご」と呟《つぶや》いたところで、背中をポンと叩かれる。

「おまたせ」

振り向くと、遠峯璃子《とおみねりこ》の大きな栗色の瞳が目の前にあった。すずの視線の先を確かめるように中庭を覗き込み、不思議そうな顔をする。瞳と同じ色の髪はマッシュボブに切り揃えられ、色白の頬をまあるく包んでいる。しわを寄せた鼻にはうっすらとそばかすが散っていて、彼女は普段からそれを気にしていた。

中庭では、生徒たちがたくさんの小さな輪を作りながら昼休みを過ごしている。そのほとんどは女子生徒だ。

「いったいなに数えてたの？　すず」

「あ、うん。本を持ってる子」

「本？」

「そう。ぼんやり見てたらね、気がついたの。やけに本を持ってる子が多いなって。だけど……」

すずは首を傾げた。眼下に広がる光景に、先ほどから何か違和感を感じているからだ。理由はわからないけれど、まるでだまし絵を見せられているような気分だった。

「あー、ほんとだ。読みもしない本を持ち歩いて、みんなよくやるよねえ」

「え？」

「あれは恋のおまじない。読まずに持ってるだけ。流行《はや》ってるんだよ、文学少女ごっこ」

璃子はつまらなそうに言って先に歩き出した。そのあとを追おうとして、もう一度中庭を見下ろす。

——なるほど。引っかかっていたのはそれだ。

分厚い本を手にした大勢の少女たち。そのうちの誰一人として、本を開いてはいなかったのだ。

西校舎に入り、特別教室が並ぶ長い廊下を進んでいく。二階の窓からは、完成したばかりの真新しい弓道場が見えた。入学試験で訪れた時はパワーショベルで掘り返されていた周囲の地面も、今は平らに均《なら》されている。

「すず、隣のクラスにいる篠田《しのだ》さやかって知ってる？」

前を歩く璃子からの問いかけに、すずはあまり考えずに「ごめん、わかんない」と答えた。クラスメイトのフルネームさえ全員分は覚えきれていないのだから、隣のクラスなんてまるきりお手上げだ。入学して一カ月も経つというのに、何とものんびりした話ではあるが。

「じゃあ、生徒会長は？　わかる？」

「生徒会長……は、なんとなく。入学式の時に挨拶《あいさつ》してた人、だよね」

「そうそう。あの絵に描いたようなイケメン。事の始まりは、その篠田さやかと生徒会長らしいよ。ただの地味子が入学早々、難攻不落の生徒会長を射止めたって、大騒ぎになって。で、真似して試した子たちも次々と恋が叶って、その噂《うわさ》が広まって一気に流行り出したってわけ」

一瞬ぽかんとしてから、璃子が例の〝恋のおまじない〟について語っているのだと気づく。

「それって、本を使うの？」

「そ」

「どんなふうに？」

「方法はすごく簡単だよ。まず、好きな人の写真を用意する。学校の図書室で借りた本に挟んで、三週間肌身離さず持ち歩く。その後、告白すれば必ずオッケーが貰える。二人は必ず幸せになる、以上」

「へえ……」

何の捻《ひね》りもない、本当にシンプルなおまじないのようだ。

「どんな本でもいいの」

「内容は関係ないみたい。本が分厚ければ分厚いほどご利益があるって聞くけど、なーんかそのあたりは誰かが勝手に付け加えた感じがしないでもないよね」

おまじないの類《たぐい》にアレンジや新ルールが付け加えられるのはよくあることだ。確かに、持ち歩く難易度を上げればその分効果が期待できると言われればそんな気にもなる。恋を憂《うれ》う女の子が、文庫本ではなく重い単行本に手を伸ばしてしまうのも頷けた。五百円よりも千円の御守りのほうがよく売れるのは、そういう心理が働くためだろう。

それにしても、とすずは中庭の光景を思い浮かべた。おまじないというものは、どちらかというと大人しい文学少女が人知れずこっそり行うようなイメージがあるけれど、猫も杓子《しゃくし》も堂々と本を抱えている様子は奥ゆかしさとはかけ離れていて、まるで何かのイベントのようだった。

「っていうか。すずってほんとマイペースだよね。これだけ流行ってるおまじないを知らないとか」

「そ、そうかな。ごめん……」

「いやいや、謝るとこじゃないし。むしろ褒《ほ》めてるし？」

璃子はカラカラと笑った。

すずと璃子が仲良くなったのは、席が前後になったことがきっかけだった。近くに付属中学校があるこの桜朋《おうほう》学園では、入学する六割の生徒がそこの持ち上がりで、クラス内には初めからいくつかのグループが出来上がっていた。友達ができるかと不安に思っていたすずだったが、サバサバした性格の璃子がそんな杞憂《きゆう》を吹き飛ばしてくれたのだった。クールな言動の割にかなりの情報通でもある、不思議な子だ。

「璃子はしないの？　そのおまじない」

「しないよ。あまのじゃくだからさあ、私」

「……てことは、いるの？　好きな人」

少しだけ間を置いて、璃子はくるりと振り返り、後ろ歩きしながら笑みを浮かべた。

「すずはどうなの？」

「えっ」

「いないの？　好きな人。バイト先に気になる人とか」

誰かの顔が浮かびそうになって、急いで首を横に振る。

「いない！」

「わ、即答。ホントかなあ」

璃子は流し目で首を傾げてみせてから、再びくるりと前を向いた。そこで唐突に立ち止まる。

「あー、やっぱりかー」

「なにが？」

「すごい騒ぎ。いつにも増して大繁盛みたいだね」

ウンザリした顔で目的地である図書室のほうを指差す。同時に、すずの耳にも女子生徒たちのかしましい声が聞こえてきた。


「うわあ……」

入口に立ち、璃子と顔を見合わせる。

先週まではガラガラだった昼休みの図書室が、今は昼時の定食屋のように賑《にぎ》わっていた。読書用に備えられた大きな木のテーブルはほとんど満員で、広い室内には談笑の声と女子特有の甘い匂いが満ちている。

カウンターには『お静かに』という虚《むな》しい注意書きが貼られ、中の作業台では諦《あきら》め顔の女性司書が書き物をしていた。

「これって、……おまじないの影響？」

「たぶん。少なくとも読書のために集まったわけじゃなさそうだよね。なにもこんなとこでたむろしなくても……」

璃子は呆れたように言って、ふと視線を留めた。

「あ、あの子。ほら、あれがさっき言った篠田さやか。……すごい。なんか囲まれてるんだけど」

見ると、窓際のテーブルに人だかりができていて、その中心に一人の女子生徒が座っていた。低い位置で結んだツインテールは艶《つや》のある黒髪だ。〝地味子〟だとは思わないが、確かにあまり目立たない控《ひか》えめなタイプに見える。

「告ったのって、ホントに篠田さんからなの？」

「生徒会長って、すぐ返事くれた？」

「この前、生徒会長の家に行ったって、ホント？」

野次馬女子たちの矢継《やつ》ぎ早《ばや》な質問はよく聞こえるが、肝心の返答は周囲のキャピキャピ声にかき消され、ここまで届かない。当の篠田さやかはというと、さほど悪い気はしていないようで、囲み取材にも笑顔で受け答えしている。

「喧《やかま》しいからさっさと用事済ませて出よう。とりあえず私、これの貸し出し延長してきちゃうわ」

璃子は手に持った文庫本を持ち上げてみせた。彼女が先々週からずっと読んでいるミステリー小説だ。文体が硬すぎるせいでなかなか捗《はかど》らず、貸出期限内に読み終えることができなかったらしい。あとについて行こうとすると、

「すず、神社の本、何か借りるんでしょ。先に探してていいよ」

「あ、うん」

「場所はたぶん、あっち。右の一番奥じゃないかな」

「ありがとう」

ひとまず璃子と別れ、すずは言われた通り図書室の右手奥を目指した。

巫女《みこ》の助勤《じょきん》を始めてから二週間ほど。神社についての基礎知識がまったく足りていないすずに、優しい先輩巫女の麻矢《まや》が「参考にしてね」と数冊の本を貸してくれた。それを全て読み終えてしまったので、図書室で新たに神社に関する本を借りようと思い立ったのだ。

テーブルの間を縫《ぬ》って進んでいくと、飛び交う会話の断片が耳に入ってくる。

髪を短く切った翌日に、好きな先輩の好みがロングヘアだと知った話。

おまじないのおかげで好きな人と付き合い始めたが、まだ手も繋いでいないという話。

電車で一目ぼれをした男の子を毎朝見つめていたら、彼が別の女の子を見つめていることに気づいてしまったという話。

きっと今この瞬間、この図書室には女の子の人数と同じ数だけ、様々な恋物語が存在しているのだろう。

足を進め、ある一角に差し掛かったその時、強い薬品のような匂いを感じた。視線を巡らせると、ネクタイを極限まで緩《ゆる》めた四人の女子生徒たちが怠《だる》そうな姿勢でテーブルに輪を作り、そのうちの一人がネイルを塗っていた。　厚みのある本を指置きのようにして使っている。

　顔を見て、それが同じクラスの三浦葉月《みうらはづき》だと気づいた。付属中学からの持ち上がり組で、読者モデルとして雑誌に載ったこともあるという、いわゆる『目立つ』タイプの子だ。輪の中にはもう一人、同じクラスの沢尻理佐子《さわじりりさこ》もいた。その他のメンバーは隣のクラスだ。確か名前は――〝マリエ〟と〝ユミ〟。

「やほー、猫牟田ちゃん」

「あ、猫牟田ちゃんだー」

　すずに気づいた理佐子と葉月がひらひらと手を振った。周囲から集まってくる視線を感じつつ、どうも、と遠慮がちに手を振り返す。この二人とは接点がほとんどないのだが、なぜかこうしてよく声をかけられるのだ。璃子曰《いわ》く『いじりやすいから気に入られている』らしい。ペコペコしながら横をすり抜けたところで、

「あ、ちょっと待って」

　理佐子にガシッと手首を摑《つか》まれ、引っ張られるままヨタヨタと後退する。

「な、なに」

「猫牟田ちゃんて、恋衣《こいごろも》神社でバイトしてるんじゃなかったっけ」

「そうだけど」

「恋愛成就の御守りって、いくらくらい？　できれば買ってきてもらえないかな。先にお金渡すから。月曜日までに必要なんだ」

「月曜？」

「そ」

理佐子は可愛らしく首を傾げ、

「高岡《たかおか》先輩に告白するの。その日がちょうど三週間目なんだよね、これを始めてから」

そう言って、テーブルの上に置かれた分厚い本をスイッと取り上げてみせる。いきなり土台を外され、その上でネイルを塗っていた葉月が「ちょっとー」と抗議《こうぎ》の声を上げた。

「おまじないの効果はもちろん信じてるんだけど、念には念を入れて、御守りも持っておきたいなって」

「それは、いいけど」

すずは少し考えて、

「よかったら週末、お参りしに来ない？　本人の顔を見せたほうが、神様も力になってくれそうだし」

「あー。確かにそうかもね」

その気になったのか、理佐子が目を輝かせていると、

「その前に、理佐子は煩悩《ぼんのう》を祓《はら》ってもらったほうがいいんじゃない？」

「純粋な気持ちでお願いしないと神様に怒られるよ？」

マリエとユミが横からからかうように言った。すずが目をぱちくりしていると、

「この子ねえ、ホントは生徒会長を狙ってたけど売約済みになっちゃったから、ランク落としてその友達で妥協することにしたんだよ。そんな不純な気持ちでお参りに行ったら、ご利益どころかバチが当たるレベルじゃない？」

驚いて理佐子の顔を見ると、彼女はむっと唇を尖らせた。

「ちょっとー、余計なこと言わないでよ。せっかく気持ちが盛り上がってきたとこなのに」

「嘘だあ。ついさっきまで、親友の高岡先輩と付き合えば生徒会長とも仲良くなれるし、可能性はゼロじゃないみたいなこと言ってたじゃん」

「それはまあ確かに、なきにしもあらずだけど」

「うわー、ひでぇ」

「なんて恐ろしい子！」

きゃははは、と大きな笑い声が上がったその時、ガタン、と大きな音がした。

視線が一斉に集まる。椅子《いす》を鳴らして立ち上がったのはショートヘアの女子生徒だった。

少し離れたテーブルの向こうに立ち、四人組に冷めた視線を向けている。

弓道部で同じクラスの二階堂志保《にかいどうしほ》。白い肌と切れ長の目が印象的な子だ。美少女というより、どちらかというと少年の美しさに近いものを持っている。

「──何か文句でもあんの」

ネイルを塗る手を休め、三浦葉月が鋭い目つきで志保を見上げた。

「別に。マニキュアの匂いが苦手だから、外に行こうと思っただけ」

「──」

しばらく睨《にら》み合ってから、志保がふいと顔を逸らした。読んでいた文庫本を閉じ、もう一冊の分厚い本に重ね、脇に抱える。最後に四人を一瞥《いちべつ》してから、堂々とした足取りで図書室を出ていってしまった。カウンターの前に立つ璃子が遠くから肩をすくめてみせる。

「……なんなのあいつ」

「図書室大好きだから、縄張り荒らされたみたいで面白くないいんじゃないの」

「つーか、昼休みに図書室でガチ読書とか、マジないわー」

「友達いないからしょーがないいんじゃない？　気にすることないよ、葉月」

「……別に気にしてないよ、あんな奴」

葉月は怒りのためか、顔を赤くしながらネイルを片づけ始めた。

空気が凍りついたのは一瞬のことで、図書室はすぐに元の賑やかさを取り戻した。四人組だけが未だ苛立ちを燻《くすぶ》らせている。険しい顔をしていた理佐子がふと顔を上げ、

「ごめんねー、猫牟田ちゃん。やっぱ御守りもお参りもやめとくわー」

「あ、うん、わかった。……月曜日、がんばってね」

「さんきゅ」

もう一度手を振り合い、その場を離れる。

『友達いないからしょーがないんじゃない?』

実際、二階堂志保がクラスの中で孤立気味なのは確かだった。昼休みや弓道部の練習が休みの放課後、彼女が図書室で一人過ごす姿を、すずも何度か見かけたことがある。でもおそらくそれは、本好きな彼女が静かに読書を楽しむために好んでしていることであり、周りから嘲笑《ちようしよう》されるいわれなどないと思うのだが。

何となくもやもやした気分のまま棚と棚の間に足を踏み入れると、本が音を遮断《しやだん》したのか、談笑の声がふっと遠のいた。

通路の突き当たりまで進み、『宗教』という札が挿《さ》し込まれた棚の前に立つ。よく見ると、コーナーはさらにキリスト教、仏教、神道など細かく分類されていた。タイトルも整然とアイウエオ順に並んでいる。管理しているのは先ほど見かけた女性司書だろうか。よほど几帳面《きちようめん》でマメな人なのだと感心した。

『開運全国神社めぐり』『神道を紐解《ひもと》く〜神の生まれた場所』『日本人が知らない神道の起源』――。ざっとタイトルを眺めたが、どれもしっくりこない気がした。もう少し初心者向けのものがあるといいのに、と思いながら背表紙とにらめっこしていると、

「これなんかどう? 『神職が教える神道の作法　入門編』」

背後から伸びた手が、すずの頭の上で一冊の本をヒョイと引き抜いた。垂れ下がった白《はく》衣《え》の裾《すそ》がてろんと頬を撫《な》でていく。

「ほら、祈禱《きとう》の手順なんかも簡単に説明してあるし、巫女さんのインタビューとかも載ってる。おっ、巻末に用語辞典まで付いてるじゃん。めっちゃ便利」

「――」

目を見開いたまま顔を真上に向けると、程よく尖った顎《あご》の裏側と細長い鼻の穴が見えた。

「でもこれちょっとデカいし重いかな。すずちゃんが自分で持って帰るには大変かも」

神職姿の逢坂波留斗《あいさかはると》は本を片手に載せ、重さを確かめるように上下させている。すずが口をパクパクしていると、

「うわっ、びっくりした。……なにこの神主《かんぬし》」

少し離れたところに璃子が立っていた。警戒心丸出しでかなり距離を置いている。当然の反応だろう。

「どーも、神主です」

波留斗がひょいと片手を上げてみせると、璃子は身構え、さらにじりっとあとずさった。

「……あ、……逢坂さん……」

「はい」

「どうして、ここに」

「びっくりした？」

「そ、そりゃ、しますよ。……だってここ、学校……」

「なんか急にすずちゃんの顔見たくなったから、来ちゃった」

本日も果てしなくチャラい神主は、いつものようにへらっと笑ってみせた。

2

「……逢坂さん、……勝手に入って大丈夫なんですか」

「大丈夫っしょ。だって鍵《かぎ》開いてるし」

「ただ閉め忘れただけかも」

「怒られたらごめんなさいすればいいよ。別に悪いことしてるわけじゃないんだし」

「じゃあ、せめて教えてください。見せたいものってなんですか」

「だから、見ればわかるって。おいで」

波留斗はさっさと草履《ぞうり》を脱ぎ、『下足箱《げそくばこ》』と書かれた棚にヒョイと入れた。

「入る時は俺の真似してね。まずはこっちの足から上がること」

そう言って、左足で敷居を跨《また》ぐ。一抹《いちまつ》の不安を覚えつつ、すずは図書室で借りたばかりの重い本を胸に抱え直し、波留斗に倣《なら》ってそのあとに続いた。

　昼休みの弓道場に人影はなかった。出来上がったばかりの空間は、未だ真新しい木材の香りに満ちている。波留斗が歩くと、静かな板の間に袴《はかま》の擦れる音が響いた。しばらく進んでから足を止め、くるりと振り返る。

「じゃーん。こちらが、さっき俺が御霊入《みたまい》れした神棚《かみだな》。祀《まつ》りたてのホヤホヤー」

　波留斗の視線を追って見上げると、——高いところに大きな神棚が設けられていた。

「すごい。立派な神棚……」

「でしょ。全部任せてもらったから、予算いっぱい使って豪華《ごうか》にしてみた」

　やけに生々しいことを言って、大きく広げたピースをしてみせる。

「……じゃあ……今日はこの件で、ここに？」

「そ。実はこの弓道場を建て始める時の地鎮祭《じちんさい》、椋鳥《むくどり》さんがやったんだよね。完成披露と竣工祭《しゅんこうさい》は次の土曜日にやるんだけど、その前に神棚を祀ってほしいって言われて」

「ちゃんとしたお仕事だったんですね」

　本当に遊びにでも来たのかと思ったが、さすがにそうではなかったらしい。

「んじゃ、一緒にご挨拶しよっか。作法は神社の参拝と同じね」

「えっ、あ、はい」

　急いで本を床に置いて、波留斗と並んで手を合わせる。二拝二拍手一拝《にはいにはくしゅいっぱい》。二人で揃えると拍手の音が心地よく響き、気持ちが昂《たか》ぶるのを感じた。

射場《いば》の正面、まだ育ちかけの芝生を挟んだ先に五つの的が並んでいる。イメージしていたよりずっと遠く、小さく見えることに驚いた。完成したばかりだが、ここにはすでに神社と似た神聖な空気が漂っている。

「うちって元々、弓道とは何かと縁が深いんだよね。そもそも祀ってるご神体が弓矢だし、じいちゃんが弓道界の重鎮《じゅうちん》なのもあって、そっち関係のお仕事はけっこう回ってきたりするわけ」

神社の敷地内にも弓道場があったことを思い出し、なるほど、と納得する。縁結び神社のご神体が弓矢ということは、やはりキューピッド的な意味合いが関係しているのだろうか。

「逢坂さんも弓道されるんですか」

「うん。うちの神職はみんな有段者だよ。大祓《おおはらへ》の時はいつもみんなで弓を引くし」

「弓を？」

「そ。ずっと昔から続いてる神事。矢を放つ音でいろんな悪いものを祓うの。こういう感じで」

波留斗は的場のほうに顔を向けたまま足を大きく開いた。左手に弓を握り、右手で矢を番《つが》えるような仕草をする。そのまま両腕を頭上に上げ、ゆっくりと弦《つる》を引き絞っていく。

「……今年はじいちゃんいないから、優羽真《ゆうま》と二人だけになっちゃうけど」

ぽつり、と呟かれた言葉に、すずは思わず波留斗の横顔を見た。その目は的よりもずっと遠いところを見つめている気がした。声をかけようと口を開きかけたところにちょうど風が吹き込み、ふわりと髪を乱される。慌てて前髪を直している間に、波留斗は弓構えを解いていた。横顔にはいつもののんびりとした表情を取り戻している。

「あー、新築のいい匂いがするー」

波留斗がウーンと伸びをした。上げた両腕から白衣の袖《そで》がするりと落ちる。普段は隠れている二の腕に浮き出た陰影《いんえい》がとても綺麗で、すずは何となく恥ずかしくなり、目を逸らした。

「あの、逢坂さん」

「なに」

「そろそろ戻らなくていいんですか。また椋鳥さんに怒られますよ」

「まーたそうやってすぐ追い返そうとするー」

「そういうわけじゃないですけど」

「大丈夫。今日は代わりに優羽真がお留守番してるし。ちょっと遅れるくらいがちょうどいいんだって」

何がちょうどいいのか適当なことを言って、波留斗は板の間より一段高くなっている畳《たたみ》の上によっこいしょと腰を下ろした。

「まあ立ち話もなんだから、座ってすずちゃん」

「でも、誰か来たら」

「いいからここ、早く早く」

ポンポンポンポンポン、と手のひらで急かされ、仕方なく「失礼します」と畳に上がる。

ちょこんと正座をすると、波留斗がくすくす笑った。

「お行儀《ぎょうぎ》いいね。かわいー」

「……」

馬鹿にされて悔しいような、それでも嬉しくてくすぐったいような。

波留斗に見られるのが嫌で、すずはふいと顔を逸らした。こんな時、どんなリアクションを返していいかわからない。そういうスキルを、世の女の子たちはいったいどこで学ぶんだろう。

「そういえばさあ」

「はい」

「なんか図書室、異常なほど賑わってたね。読書週間？」

「ああ、……あれは……」

例のおまじないについて、璃子から得た情報をそのまま伝えると、波留斗は感心したように「へえー」と頷いた。

「おまじないでイケメン生徒会長をゲット、かあ。いかにも女子が好きそうな話だね」

「逢坂さんはどう思いますか。こういう、おまじないとか」

「いいんじゃない？　楽しそうだし。それに、このおまじないはただ念じるだけじゃなくて告白することが前提なんでしょ。背中を押してくれるって意味でも、アリだと思うけど」

「……なんか、現実的ですね」

「ああ、ごめんごめん。もっと神主っぽい答えが聞きたかった？」

波留斗は「そうだなあ」と少し考えて、

「絵馬《えま》なんかもそうだけど、自分の願い事をひとつのものに込めるっていうのは悪くないと思うよ。漠然とした想いが確かなものになるっていうかさ。具体的な未来像を心に描いて強く念じると、内面だけじゃなく自分自身の行動も自然と変わってくるでしょ。それによって成就《じょうじゅ》に近づけるっていうのはあるだろうし」

「それって、自己暗示、みたいな……」

「いい意味でね。恋をすると女の子が綺麗になるって言われるのは、周りもそういう変化を感じ取るからじゃない？　ちなみに、個人的には本を持ってる女の子って二割増しで可愛く見える気がするから、その点でも効果あると思う」

「二割増し……持ってるだけで？」

「文学少女って、それだけで情緒あるよね。もちろん真剣に読んでる姿もいいし、……遅い時間まで本を読んでたせいで眠たそうな顔してたりすると、もっと可愛いって思う。

――すずちゃんみたいに」

「……え？」

きょとんとすると、波留斗が手のひらをそっとすずの頭の上に載せた。

「麻矢が言ってたからさ。この前、神社に関する本を五冊も貸したって。それ一生懸命読んで、数日で全部読み終わったから、さらに次の本借りたんでしょ。ほんとがんばり屋さんだね。えらい」

「……」

美しいグレーがかった瞳の中に自分の姿を見つけ、すずは慌てて目を伏せた。口の中で、別にわたしは、と小さく呟き、腕の中の本を抱え直す。頬がじわりと熱を帯びた。自分が今〝二割増し〟に見えているかどうか、そんなことが頭を過《よぎ》った。

「……すずちゃん？」

俯《うつむ》くすずの顔を、波留斗が首を傾げるようにして覗き込んだ。顔を逸らすと、顎に指を引っ掛けてくいっと引き戻される。

「……」

ムッとして再び逸らす。もう一度引き戻される。プイッとし、また引き戻され、を意地になって何度も繰り返していると、

「──おいっ」

いきなり大きな声で呼びかけられ、驚いたすずと波留斗はぴょこんと身体を弾《はず》ませた。

揃って入口のほうに目を向けると、──雑巾《ぞうきん》の掛かったバケツを手にした、一人の男子生徒が立っていた。ワイシャツの袖とズボンの裾は無造作に捲《まく》られ、ネクタイの先は胸ポケットに挿し込まれている。絵に描いたようなお掃除スタイルだ。

「なに勝手に入ってんだお前ら。神聖な射場でイチャイチャしてんじゃ──」

男子生徒はそこで言葉を切り、すずの顔をまじまじと見つめた。

「猫牟田じゃん。こんなとこで何してんだよ」

「……え、っと」

口調が和《やわ》らいだのはありがたかったが、すずは咄嗟《とっさ》に言葉を返せなかった。相手が同じクラスの男子生徒であることはわかったものの、名前が出てこないのだ。ひとまず、薄く愛想笑いを浮かべてみる。

──何だっけ。この人、やけに可愛いあだ名で呼ばれていたような気がする。確か『ぴょん吉』みたいな、『パン太郎』みたいな、そういう感じの──。

「──ポンタくん、ごめんね。すぐ出るから」

せっかく思い出したあだ名だったが、呼ばれた彼はとても嫌そうな顔をした。どうやら当人はあまり気に入っていないらしい。仏頂面《ぶっちょうづら》のままバケツを脇に置き、波留斗の姿を上から下まで眺める。

「つーかこの人、なにモノ？　なんでこんなカッコしてんの」

至極もっともな疑問だ。

「あの、違うの、怪しい人じゃないの。こう見えても神主さんで、――」

ポンタは眉を寄せ、さらに訝《いぶか》しむような表情を浮かべた。

「渡辺《わたなべ》んとこの父ちゃんも神主だけど、なんかずいぶん様子が違う気が」

「……ワタナベ？」

「俺の前の席でいつも寝てる渡辺だよ。お前、クラスメイトなのに名前覚えてないのかよ」

笑いながらそう言って、ん？　と動きを止める。

「まさか猫牟田、お前……。俺の名前もわかってないんじゃないの」

「えっ」

「だから今、いきなりあだ名で呼んだんだろ。ひでえ。薄情すぎ。一緒に係の仕事だってやったのに」

「そ、そんなことないよ、ちゃんとわかるよ」

「じゃあ言ってみろよ」

「えっ、えっと、……」

「――綿貫《わたぬき》くん、だよね」

すずの代わりに答えたのは波留斗だった。ポンタがぎょっと目を見開く。

「あんた、……なんで知ってんだ？」

ポンタは慌てたように自分の身体を見下ろした。腕や足の裏まで確認したが、もちろん名前など書いていない。波留斗は澄《す》まし顔で、

「だって神主だもん。神様に聞けば何でも教えてもらえるから」

「う、嘘だ」

「ホントホント。だてに厳しい修行を潜《くぐ》り抜けてきてないんだよね」

「……そんなわけあるかよ、……え、マジで？」

すずとポンタが狐《きつね》につままれたように顔を見合わせていると、

「あのさあ。長くなるなら先、戻っといていい？　雑巾は全部洗ったから」

道場の入り口からひょっこり現れたのは、先ほど図書室で見送った顔。——二階堂志保だ。

「おっ、サンキュ。悪いな、手伝ってもらっちゃって」

「ホントだよ、知らん顔して通り過ぎればよかった」

憎まれ口を返しながらも、その口調からは二人の仲の良さが窺える。

「じゃあね」

「おう。——あ。そうだ。待って、二階堂」

一度引っ込んだ顔が、もう一度現れる。

「何?」

「いいからこっち来いって。——ちょっと、そこの神主」

「はい」

「こいつの名前も当ててみてよ。そしたらあんたの力、信じてやる」

そう言って、偉そうに腕組みをする。

「えー。でもなー」

「なんだよ」

「この力使えるの、一日一回なんだよね」

「ちょっとくらいいいじゃん。がんばれよ、神主なんだから」

「もー、しょうがないなー」

波留斗はじっと志保の顔を見つめてから、人差し指をおでこに当て、目を閉じた。

「んー……わかった。二階堂さん、だ」

「……すげえ」

目を輝かせたポンタの後頭部を、志保がぺしっとひっぱたく。

「痛ってぇ。……なんだよ」

「あんたバカじゃないの。遊ばれてるよ、気づきなよ」

「え」

「今、自分で私の名前呼んだんでしょ。『待って、二階堂』って」

「……そうだっけ」

「だいたい、あんたの名前当てられたのだって神様のおかげなんかじゃないよ。自分でしっかりヒント出してたし」

「俺が？」

「入学直後の席順はだいたい名前順でしょ。ワタナベの後ろの席なら絶対ワ行、二文字目は〝タ〟以降。あだ名がポンタだからタヌキ。だからワタヌキ。ちょっと考えれば予想できるでしょ」

「おおー！　ほんとだ！」

素直に感動してから、ハッとしたようにこちらを見る。

「──騙《だま》したな、インチキ神主！」

「バレた？」

志保は呆れ顔でため息をついた。

「あんたが猫牟田さんを責めたりするから返り討ちに遭《あ》うんでしょ。女の子に名前覚えてほしいなら自分からもっとアピールすれば？」

「はあっ？　な、何言ってんだよ、俺はべ、別に猫牟田のことなんか何とも思ってねえし」

ポンタはしどろもどろになりながらすずのほうを指差し、

「あんなボケッとした女、興味ねえし。全然どうでもいいし！」

「……」

いきなり飛んできた理不尽な悪口に絶句するすずの隣で、波留斗が口元に拳を押しつけて笑いを堪《こら》えている。

その時、入口からまた誰かが顔を出した。

「コラ。何やってるんだよ、道場で口ゲンカなんかして。外まで聞こえてるぞ」

「高岡部長。――すみません」

ポンタと二階堂志保がスッと姿勢を正す。いざという時の立ち姿の美しさはさすが弓道部員だ。部長と呼ばれた男子生徒が厳しい表情のまま二人の前に立つ。

――高岡……？

どこかで聞いた、と記憶を探り、つい先ほど話題に上ったばかりの人物だと思い当たった。

生徒会長の親友であり、理佐子が月曜日に告白する予定の先輩だ。ひょろっと背が高く、黒髪と眼鏡のせいか、神経質で真面目そうな印象を受ける。

「掃除が終わったらすぐ鍵を戻して報告しなきゃダメだろ。ここは遊ぶ場所じゃないんだから」

「すみません先輩、だけど……俺が掃除用具を洗って戻ってきたら、あいつが――あの人が勝手に入り込んでて」

高岡がこちらに目を向ける。怒られるかと思いきや、その表情がふっと柔らかくなった。

「神主さん、先ほどはありがとうございました」

「いーえー。どういたしまして」

「忘れ物ですか？」

「うんまあ、そんな感じかな。用も済んだしそろそろ帰りますね」

「お疲れ様です。土曜日の竣工祭もよろしくお願いします」

「はいはい、よろしくねー」

波留斗はすずを促し、出口に向かった。今にも噛《か》みついてきそうな表情のポンタを尻目に、一礼してから射場を出る。下駄箱《げたばこ》の前に立った時、ちょうど昼休みの終わりを告げる予鈴が聞こえてきた。

「——あの二階堂って子、付属中出身だよね」

草履を履きながら、波留斗が小声で訊《き》いた。

「そうです。ご存じなんですか」

「弓道関係の広報誌か何かで見た記憶があるんだよね。弓道部女子の二階堂。負け知らずのかなり強い選手だったはずだよ。中学二年の時、全国大会の個人戦で初めて優勝して、——確か、その年に団体戦でも優勝してるんじゃなかったっけな……」

じっと記憶を辿るような表情を見せ、

「もう一人いたはずなんだよな。名前は思い出せないけど、同じ学年の女子でかなりの腕を持った射手が。もしその子もここに来てるなら、インターハイは面白いことになりそうだね」

波留斗の言葉を聞きながら、すずは二階堂志保の顔を思い浮かべていた。

とばっちりで高岡部長のお説教を受けていた彼女の、ほんのり桜色に染まった頰。高岡部長の顔を直視せず、恥ずかしそうに伏せられた睫《まつげ》。

——好きなのかな。二階堂さんも、高岡先輩のことが……。

図書室での出来事を思い出す。あの時、彼女はマニキュアの匂いではなく、沢尻理佐子の言動に憤《いきどお》ったのかもしれない。

ローファーを履こうと身を屈めたその時、椅子の上にきちんと畳まれた女子生徒の——おそらく志保のブレザーが目に留まった。その上には、図書室のラベルが貼られた分厚い本が置かれていた。

3

「五百円のお納めでございます」

五百円玉を受け取ってから、御守りを納めた白い紙袋を両手で差し出す。

「ようこそご参拝くださいました」

笑顔で言うと、二人連れの若い女性たちが顔を見合わせ、嬉しそうに「ありがとう」と笑顔を返してくれた。その後ろ姿が見えなくなるまで見送ってから、ふう、と小さく息を吐く。朝から休憩《きゅうけい》なしで数時間、この動作を何度繰り返しただろう。

土曜日で大安の今日は、参拝者が途切れることのない忙しい日だった。お祓いやご祈禱の申し込みも多く、拝殿《はいでん》のほうからは引っ切りなしに雅楽《ががく》の演奏が聞こえている。時折響くシャリーン、という美しい音は、神楽舞《かぐらまい》を舞う麻矢が鳴らす巫女鈴の音色だ。一度だけ触らせてもらったが、振る時の手首の使い方が独特で、すずにはうまく鳴らすことができなかった。

何気なく視線を巡らせると、一匹の真っ白な猫が参道の端を歩いてくるのが見えた。神社猫のコタローだ。こちらをちらりと一瞥しただけで通り過ぎていってしまう。参拝客には自分からじゃれたりするのに、なぜかすずにだけは冷たくて、未だもふもふの願望は叶っていない。

授与所の周りに参拝客がいないことを確認し、すずはこっそりしゃがみ込んだ。足元に隠しておいたペットボトルを取り出し、水を一口含んだところで、

「ただいまー」

驚いて見上げると、授与所の背後に張られた布――壁代《かべしろ》の向こうから波留斗の首だけが覗いていた。頭の上にはいつものヘルメットが載っている。スクーターを降りたばかりなのか、前髪が少し乱れていた。

「お帰りなさい。お疲れ様です。どうでした？　弓道場の竣工祭」

「ばっちりばっちり。神棚も評判良かったっぽいし。偉そうなおっさんたちが丸く囲んでへえーとかほおーとか言ってた」

得意げな波留斗の顔をよく見ると、口元に何か付いている。すずは立ち上がり、それを注視しながらじりじりと顔を近づけていった。

「……逢坂さん……」

「え、なに」

「口元に、……青のりみたいな……」

「あー、なんだ。びっくりしたー、チューされるかと思った」

壁代の継ぎ目から、ガサガサッと音を立ててコンビニ袋が出現する。

「これね。すずちゃんの分も買ってきたから」

広げた両手のひらで受け取ると、袋は温かかった。中を覗いたすずの顔が、パッと輝く。

「たこやき」

「うん。このあたりじゃ一番おいしい、商店街のタコ焼き。店番代わってあげるからこっちで食べな？　お昼、まだでしょ。お茶も買っといたから」

　目隠しである壁代の裏側には、小さなテーブルと椅子が置かれている。交代で休憩したり、ちょっとした事務作業をするためのものだ。神社内でよく見かける布の仕切りの向こう側には、実は意外と生活感が溢れていたりする。

「でも、いいんですか。皆さん、まだ……」

「食べられる人から先に食べちゃったほうが、あとの人が楽だから」

「わかりました。ありがとうございます、いただきます」

　参拝客のほうを気にしながら、壁代の裏側に素早く入り込む。ヘルメットを取り、入れ替わりで出ていこうとした波留斗を慌てて引き留め、

「青のり、取らないと」

「ん、どこ。どのへん」

「右の、……そっちじゃなくて反対。いえ、もう少し下です。……あ、行き過ぎ」

「もー、わかんないよ、すずちゃん取って」

「えっ」

　壁に片手をつき、すずを閉じ込めるようにして身を屈め、囁《ささや》く。

「チューしたら、取れると思うよ」

「……」

青のりへばりついてる人が何を言っているんだか……。

すずは片手で傍《かたわ》らを探り、ボックスティッシュをシュッと一枚抜き取った。ごしごしっと力任せに口元を擦《こす》ると、波留斗が「いててて、いたいよ」と泣きそうな顔をした。青のりはきれいに取れた。


輪ゴムを外し、透明パックの上蓋《うわぶた》を開ける。中には八つのタコ焼きがきちっと収まっていた。しなしなになった幅広の鰹節《かつおぶし》がたっぷりソースを含み、濃褐色《のうかっしょく》にその色を変えている。いただきます、と手を合わせると、壁代を隔《へだ》てた向こう側から「どうぞー」という波留斗の声が聞こえた。

ずしりと重い塊《かたまり》を、竹串で引っ掛けるようにして口に運び、思い切って丸ごと頬張る。時間が経っているはずなのに、表面にはサクッとした感触が微《かす》かに残っていた。中身がふわりと溶け出し、生地のうま味が一気に広がる。大きなタコは弾力があるものの、歯を立てるとたちまち、ほろほろと柔らかく解《ほど》けていった。

「おいしい？」

見ると、波留斗が壁代の隙間《すきま》から顔を覗かせていた。口元を押さえ、こくり、と深く頷く。

「今度、一緒に行こうね。奥に座敷があるから、鉄板の上でお好み焼きとかもんじゃ焼きして食べよう」

「……！」

すずが目を見開き、うんうんうん、と首を縦に振ると、波留斗は可笑《おか》しそうに笑った。

「はい。じゃあ、げんまん」

差し出された小指に、いつものように小指を絡める。こうして波留斗との小さな約束が増えていくのは、おもちゃ箱に少しずつ宝物が増えていくようで、嬉しい。

「すみませーん」

背後から女性の声がかかり、波留斗の顔が引っ込んだ。

「はい、こんにちは」

「縁結びの御守りが欲しいんですけど、ありますか」

「縁結びですね、ございますよ」

愛想よく接客をする声を聞きながら二個目のタコ焼きを頬張った時、裏のドアが開いた。

優羽真だ。ご祈禱の時に着用する綺麗な薄紫色の狩衣《かりぎぬ》を纏っている。その見目麗《みめうるわ》しさに見惚《みと》れつつ、ぺこりと会釈《えしゃく》すると、優羽真は仏頂面のまま軽く頷いてみせた。

「恋愛成就でしたら、こちらが五百円、こちらが千円のお納めとなっております」

壁代のすぐ向こうに参拝客がいることに気づいたらしく、足音を殺しながら休憩スペースの奥に進んでいく。引き出しから鍵のようなものを取り出すと、再び抜き足差し足で出口のほうに向かい、――ふとこちらに目を留めた。方向転換し、すずのほうに向かってくる。

「んー、どうしようかなあ。やっぱり高いほうがいいんですか」

「そういうわけではありませんよ。お気持ちですから」

優羽真の手が伸びてくる。思わず身構えると、形の整った綺麗な手が竹串を持つすずの手に重なった。くい、と引き寄せ、――ぱくり、とタコ焼きを口に収めると、何事もなかったようにもぐもぐしながら部屋を出ていってしまった。

「そうですねー、あとは、この」

チリン、と小さな鈴の音が聞こえる。

「弓矢を模《かたど》ったキーホルダータイプのものも人気ですよ。好きな人の心を射止める、という意味合いならこれもお勧めです」

「あ、じゃあこれにします！　こっちの、ピンク色のほう」

――あれ……？

はしゃぐような声に、すずの耳がぴくりと反応した。どこかで聞いた声だ。

「では、八百円お納めください」

「はい」

小銭のやり取りのあと、鈴の音とともに御守りが手渡される気配がした。

「ようこそご参拝くださいました」

「どうも」

いったん遠のきかけた足音が、すぐに戻ってくる。

「あの」

「はい」

「違ってたらごめんなさい。……神主さんてこの前、桜朋学園にいませんでした？」

——えっ。

思いもよらないところで自分の学校の名前を聞き、危うくタコ焼きをのどに詰まらせるところだった。ペットボトルのキャップを開け、慌ててお水を口に流し込む。

「ええ、おりましたが」

「ですよねやっぱり！　図書室にいましたよね。あの巨乳の司書さんと棚の陰《かげ》に隠れてイチャイチャしてたでしょ」

「やだなあ、イチャイチャはしてませんよ、女性が重いものを一人で運んでいたのでお手伝いしただけです」

「うそぉ、だっておっぱいめっちゃ見てたもん」

「まあ見てましたけど、でもイチャイチャはしてません」

——そっか、この声——。

『恋愛成就の御守りって、いくらくらい？　できれば買ってきてもらえないかな』

　月曜日に告白を控えている、クラスメイトの理佐子だ。あの場ではお参りには来ないと言っていたが、気が変わったのだろうか。とりあえず顔を出そうと、ティッシュで口の周りを拭う。

「もしかしてすずちゃんのお友達？　あの子なら、今――」

「いえっ、あ、いいんです！　私が来たこと、できれば内緒にしておきたいから」

　出ていこうとしていたすずは寸前で動きを止めた。戸惑いつつ、壁代の向こうに耳を澄ませる。

「ナイショに？　どうして」

「……それは……」

　理佐子はしばらく間を置いて、ぽつりと言った。

「実は私、先輩に告白する予定なんだけど」

「うん」

「本当はその先輩のこと本気で好きなのに、みんなの前で大して好きじゃないみたいなこと言っちゃったの。だから引っ込みつかなくて……」

　理佐子は、自分が元々は生徒会長のファンだったこと、当初、高岡先輩のことは生徒会長の友達としてしか見ていなかったことなどを静かに語った。

「――生徒会長を追いかけてるうちに、たまに話すようになって。いつの間にか、高岡先輩と話すことが楽しみになり始めて。そんなに愛想がいいわけじゃないし、あんまり笑わないんだけど、本当はすごく優しいの。後輩が困ってるとさりげなく助けてあげたり、自分でやったわけじゃないのに、誰かに倒された自転車を当たり前のように起こしてあげたり。そういうのを見てたら、この人の彼女になりたいなって、本気で思うようになって。見た目じゃなく、その人自身を好きになったのって初めてで、だけど……」

「友達には、言い辛かった?」

「そう！　そうなの。今まで散々、生徒会長のことカッコいいって騒いでたし、今さら高岡先輩が好きだなんて言えなかったのね」

「うんうん」

「で、ちょうどその頃、生徒会長に彼女ができて。私はもう高岡先輩のこと好きになっちゃってたから全然平気だったんだけど、皆がよってたかって慰《なぐさ》めてくれるわけ。それでなんかこう、余計に言い出せなくなって、……つい嘘ついちゃったんだ。先輩がダメならこの際、親友のほうで我慢しようかなーなんて、……酷《ひど》いこと……」

「なるほどねー。……まあ、わからないでもないかなあ。男にもあるもん。そういう、友達だからこそ本心が言えなくて見栄張っちゃう、みたいなとこ」

波留斗はしみじみと言った。先ほどまでの営業口調は消え、いつの間にか素に戻っている。

「でも、それはやっぱりよくないな。いや、モラルとかそういうこと以前に、大事な願い事を台無しにする危険があるってこと」

「台無し？」

「言葉には力があってさ。〝言霊《ことだま》〟って言葉、聞いたことある？　俺たち神主が奏上《そうじょう》する祝詞《のりと》って、まさに感謝と願いを言霊に込めて神様に届けるものなんだよね。逆に言えば、それだけ言葉の力は強大だってことだから。思ってもいないことを日ごろから口にしていたら、そっちの方向に引っ張られていっちゃうかも」

「……こわい……」

「いや、怖いことなんてないよ。言葉を操るのは自分自身なんだから。簡単に言えば〝素直が一番〟てことだよ。嘘偽りのないシンプルな気持ちで向き合えば、きっと神様が力になってくれる。大丈夫。がんばって、リサちゃん」

「……えっ」

「なに？」

「な、なんで、私の名前……」

「俺、神主さんだから。心の中で問いかければ、だいたいのことは神様が教えてくれんの」

「──すごい」

「でしょ。──で？　リサちゃんは、本当は誰のことが好きなの？」

「……高岡先輩……」

「うん。だったらそのまま素直に言ってみたらいいよ。神様にも、本人にも、それから、──友達にも」

唐突にぺらりと壁代が捲られ、理佐子と強制的にご対面となった。大きく見開かれたその目には、うっすらと涙が浮かんでいる。一瞬の沈黙の後《のち》、理佐子がブハッと噴き出した。

「ちょっ、猫牟田ちゃん、口の周り……青のりべっとり付きすぎだからっ。ハンパねえっ。あははっ」

何かが吹っ切れたようにケラケラと笑い転げる理佐子の首元には、『RISA』とネームの入ったゴールドのネックレスが揺れていた。

4

教室の窓から見える空は、今にも雨を落としそうな灰色の雲に覆われていた。

席替えをしたばかりの今日は、いつもの教室がまるで別の場所のように感じる。眠気を誘う担任の声を聞きながら、すずは斜め前方の空席に目をやった。理佐子の席だ。欠席者の分は学級委員長が代理でくじを引いたため、彼女は未だ自分の新しい席がどこになったかを知らない。

昨日の月曜日、昼休みが終わり、五時限目が始まっても理佐子は教室に戻ってこなかった。

「沢尻さん、フラれたみたいだよ」

「えーっ、あんなに自信満々だったのに」

「なんかさ、ケチがついちゃったね、あのおまじない」

「確かに。ホントに意味あんのかなあ。私、やめようかな、本、重いし」

朝のHRで理佐子の欠席を知ったクラスメイトたちはそんなふうに囁き合った。葉月が強烈な睨みを利かせ、会話は中断されたが、教室に漂う失望感のようなものは拭い切れなかった。

頬杖をついて重いため息を吐く。土曜日、波留斗に作法を教えてもらいながら真剣にお参りしていた理佐子の姿を思い出すと、胸が痛かった。

ふと隣を見ると、ポンタと目が合った。な、何だよ、という顔をされ、プイッと視線を逸らされる。

「……」

名前を覚えてなかったこと、まだ怒ってるのかな……。

しゅんと反省しつつ、あれ？　それで結局、名前なんだったっけ、と考え込んでいると、

「はい、今日はここまで。次は小テストだから、今日のうちに復習しておくように」

担任の数学教師、持田《もちだ》が授業を締めたタイミングでちょうどチャイムが鳴り始めた。日直の間延びした号令で礼を済ませたあと、

「二階堂。ちょっと、職員室」

「……はい」

志保は何の用件か承知している様子だった。机の上に置いていたハードカバーの本を机の中に大切そうに仕舞い、立ち上がる。

二人が連れ立って教室を出ていくと、前の席の女子が隣の席の子に耳打ちした。

「ねえねえ」

「なに？」

「二階堂さん、転校するかもしれないんだって」

「えっ、マジ？」

声を抑えてはいるが、後ろにいるすずには丸聞こえだ。驚いて思わず隣のポンタのほうを見ると、彼も同じ表情でこちらを見ていた。どうやら知らなかったようだ。

「でもなんで、この時期に？　入学したばっかなのに」

「なんかね」

さらに声を潜め、

「親が離婚するらしい。二階堂さんちのお母さんとうちのママが同じ教室で書道やってて、中学の時から相談受けててさあ」

「そうなの？」

「お母さんのほうの実家に住むかもしれなくて。それが埼玉の、ここまで通えるかどうか微妙なとこなんだって」

「そっかー。部活やってたら帰り遅くなるし、余計きついかもねー。……っていうか、あんたのママもどうなの、娘にそれ言っちゃうって」

「しょうがないじゃん、あたしの口の堅さ、親譲りだから」

「あんたたち親子ってば、ホント――」

ガタン、とポンタが勢いよく立ち上がり、二人がハッとして口をつぐむ。何か言うのかと思ったが、ポンタは暫《しばら》くそのままの姿勢で佇んだあと、スタスタと廊下へ出ていってしまった。


職員室に向かって歩いていくと、手前の廊下で壁に寄りかかるポンタの姿を見つけた。すずに気づき、バツが悪そうにそっぽを向く。

トトト、とその前を通り過ぎ、職員室のほうを覗いてみたが、出入り口には誰の姿も見えない。何をしに来たのか自分でもよくわからないまま、すごすごと引き返そうとすると、

「俺、ちらっとだけ聞いてたんだけどさ」

　ポンタがぽつりと言った。念のため周りを見回し、自分に言っているのだと確認してから足を止める。

「あいつの親が仲悪いってこと。でも、〝子はかすがい〟だからって、あいつ、いつも言ってて。〝これは一時的なものだ、自分がいる限り二人は離婚しない〟って、笑ってたのに……」

　ズボンのポケットに手を入れ、ため息を吐く。

「何かさあ、よくわかんなくなるよ。誰かを好きになって、相手にも好きになってもらって、同じ気持ちで結婚して、ずっと一緒にいようって約束して子供を産んだはずなのに、……それでも終わりが来るなんて」

「……」

　すずはポンタから少し離れたところに並び、同じように壁に寄りかかった。すぐ隣から、友達を想うポンタの苦しい気持ちと、そして温かさが伝わってくる気がした。

　こんな時、波留斗なら彼にどんな言葉をかけるだろう。そんなことをぼんやり考えていると、パタパタと足音が近づいてきた。

「わ。びっくりした。なにやってんの」

　角を曲がってきた志保が驚いて二、三歩退いた。二人を見比べ、不思議そうな顔をする。

「あんたたち、いつの間にそんな仲良しになったの」

「うるせえ、たった今だよ。……行くぞ」

ポンタは鼻の下をごしごしっと擦り、教室に向かって歩き出した。首を傾げつつ、志保もそのあとに続く。しばらく歩いてから、志保が言った。

「聞いたの？　もしかして。転校の話」

「……」

ポンタの後ろ姿が「んー、まあ」と唸《うな》るように答える。

「なんだ。びっくりさせようと思ってたのに」

そう言って、はは、といたずらっぽく笑う。

「せっかく新しい弓道場できたのに、残念すぎるよね。しかもさあ、引っ越す辺りに弓道の強い学校ないからさ、続けられるかどうかすら微妙。参ったわ」

志保は歩きながら天を仰ぎ、もう一度「はー、参った」と呟いた。

「私、けっこう最近まで、自分一人で何でもできるつもりでいたんだよね。自分で決めたことは自分の力で実現すればいい。頑張れば必ず結果が手に入る、みたいな。……でも……。それ、勘違いだった。実際は、親が離婚するだけで世界がガラッと変わっちゃう。そんな無力な存在なんだと、思い知らされたわ」

「……」

ポンタとすずは何も言えなかった。かける言葉が見つからない。志保も今はそれを望んでいないような気がした。

教室に戻れば、またあの二人が志保に好奇の目を向けるかもしれない。下手をしたら、すでにクラス中に離婚のことが伝わっている可能性もある。そう思うと気が重かった。

「――ちょっとさ」

ポンタが足を止める。その視線は、廊下の窓の下に向けられていた。

「先に行ってて。用事思い出したから」

「何、用事って」

「ちょっとな。もし授業始まっちゃったら先生にはうまく言っといてよ」

踵を返し、手を振りながら階段のほうに向かう。戸惑いながら見送る二人を残し、勢いよく駆け降りていってしまった。

「……なんだあいつ」

志保はすずに首を傾げてみせてから歩き出した。何となくポンタが何を見ていたのか気になって、すずが窓の外を見下ろしてみると、

――あっ……。

窓辺に近づき、さらに目をこらす。見えたのは校舎の壁際に立つ男子生徒。その周りを囲む三人の女子生徒。

「あの、二階堂さん」

「なに」

「わたしもちょっと、……思い出しちゃった」

「何を?」

すずはあとずさりながら「えっと……」と考えてから、

「わかんない。ごめんね、わたしの分もうまく言っておいて」

「ちょっと──」

志保の呼びかけを置き去りにして、すずはポンタのあとを追い、駆け出した。


一階の連絡通路に辿り着くと、背の低い植木の陰にしゃがみ込んでいるポンタの姿が見えた。すずに気づき、驚いた顔をする。近づいていくと、口の前に人差し指を立て、「シーッ」の顔をしてみせた。続いて手のひらを大きく上下させたのは「身を屈めろ」ということだろう。すずは言われた通りその場にしゃがんだ。手招きされ、ペンギンのようによちよちと近づいていく。

「(なんで来たんだよ)」

ポンタは半分呆れ顔で、それでもすずの乱入を受け入れてくれているようだった。身を乗り出し、植木の向こうを覗く。すずもその隣に並び、様子を窺《うかが》った。

二階から見えた背の高い男子生徒。――高岡先輩だ。それを取り囲むのは、マリエ、ユミ、そして葉月は少し離れたところに立っている。ボソボソと話し声はするが、距離があるため内容は聞き取れない。

「(何言ってるか聞こえねえな。俺、もうちょっと近づいてみるけど。来る?)」

ポンタの問いかけに、うん、と頷く。

「(見つからないように、慎重にな)」

言うが早いか、中腰の姿勢で素早く移動を始める。すずは後れを取るまいと必死でついていった。足音を殺しながら校舎の外階段を踊り場まで上がり、折り返したところで身を屈める。姿は見られなくなったが、距離的にはかなり近くなったため、話し声が思った以上にはっきりと聞こえた。

「――だから、昨日、先輩が理佐子を振った状況を聞きたいだけなんですよ」

苛立たしげな声は、マリエのものだ。

「理佐子と付き合えないのはわかりました。それはまあ、当人同士の話だし、しょうがないと思います。けど……そのせいで理佐子が学校休んでるんですよ? 電話にも出てくれないし、メールも返ってこないし。……何か、よほどのことがあったんじゃないかって思うじゃないですか」

「どんな振り方したんですか、いったい」

ユミも低い声で問いかける。

「どうしたら学校を休むほどのショックを受けるんですか。あたしたちとも連絡を絶って引きこもっちゃうほどの、何かひどいことでも言ったんじゃないですか」

「……」

重苦しい沈黙。すずとポンタが息を詰めていると、高岡先輩がぽつりと言った。

「広末《ひろすえ》に告ればいいって、言った」

「……え？」

「俺じゃなくて広末に告ればいいだろ、って、そう言ったんだよ」

感情の読めない、淡々とした口調だった。

「……はあ？　何それ」

マリエが声を荒らげる。

「意味わかんないんだけど。理佐子はあんたに告白したんじゃん。なのに、なんでそこで生徒会長の話が出てくんの」

「そうだよ、確かに初めは生徒会長のこと好きだったけど、理佐子はあんたのためにおまじないまでして――」

「広末よりランクが低くて悪かったな」

「――」

女子たちが息を呑むのがわかった。すずもハッと顔を上げる。

「別に妥協してもらう必要、ないから。何が〝可能性はゼロじゃない〟だよ。広末と仲良くなりたいなら勝手にやってよ。俺を巻き込まないで」

砂利《じゃり》を踏む乱暴な足音が遠のいていく。虚《きょ》を衝かれて絶句しているのか、しばらく誰も口を開かなかった。ポンタだけが状況を理解できていない様子で、戸惑っている。

「……なんで、知ってんの。あの話」

「だよね。……図書室で話してたの、聞かれた？」

「いや、高岡先輩は絶対いなかった。いたら気づくし」

「じゃあ、なんで？　まさか――」

「あの場にいた誰かがチクった、とか？」

再び、重苦しい沈黙が降りる。

「もしかして理佐子、あたしたちのこと疑ってんのかな」

「そんなわけ、――」

打ち消そうとしたユミの言葉は、途切れた。未だ理佐子と連絡が取れないことの、それが答えなのかもしれないと思い至ったのだろう。

「誰だよいったい、余計なことしたの」

「……二階堂志保じゃね？」

「あ。あるね、それ」

「どーする？　呼び出す？　白状させて理佐子に連絡入れようよ」

「やっとく？　あいつ中学ん時から気に食わなかったんだよね」

「──ちょっと待って。……もう少し様子見ようよ」

そう言ったのは、ずっと黙っていた葉月だ。

「なに、様子見るって」

「あの子、弓道部じゃん？　手を出したことが高岡先輩に知れたら、理佐子の立場がさらに悪くなると思う」

チッ、と乾いた舌打ちが響く。

「それに、まだ犯人だって決まったわけじゃないし」

「絶対あいつだよ」

「でも」

「なんなの葉月。なんで庇《かば》おうとすんの。ウザいんだけど」

「別に庇ってるわけじゃないよ。私だってあいつのことはムカついてるし」

「ホントかなあ」

「……なに、どういう意味」

「だってあんたたち、中学の時──」

その時、授業開始のチャイムが聞こえてきた。張りつめた空気が一気に解け、「やべー、小テストじゃん」「うわ、めんどくさ」などとぼやきながら、複数の足音が移動を始める。

十分に時間を置いてから、ポンタが立ち上がった。

「ランクが低いって、なに？　今の、どういうこと？」

「……」

すずはあの日図書室であった小さな衝突について話した。それから、恋衣神社にお参りに来た理佐子の本心も。ポンタはすずの話を最後まで聞くと、腕組みして「うーん」と考え込んでしまった。

「まあ、高岡先輩本人がその場にいなかった以上、誰かがチクったことは間違いないだろうなあ」

「……そうなのかな」

「そうだよ。悪意があったのか、それともほんの軽い気持ちだったのかは知らんけど。……酷いことするよなあ。そんなん、誰のためにもなんねーじゃん」

「……うん」

「つーかお前、その場にいたなら誰がその話を聞いてたか、だいたいわかるんじゃないの」

「それは……」

すずは首を右側に目いっぱい傾げ、

「絞るのは難しいんじゃないかな……。だって理佐子ちゃんたちの会話、かなり離れたカウンターの前に立ってた璃子のところまで聞こえてたんだもの。図書室にいた全員に可能性があると思う」

「まーなー、あいつら声デカいもんなー昔から」

ポンタは頭《こうべ》を垂れ、はー、と長く息を吐いた。腕組みをしたまま、トスン、トスンと階段を降りていく。

「しかし二階堂を疑うとは……。奴らの目は節穴かよ。そんなことするわきゃねえだろ、あいつが。回りくどいことする前に、直接平手打ちをぶちかますタイプだ」

「……そうだよね」

一緒に階段を降りながら、すずは頷いた。志保が大切そうに持ち歩く葡萄《ぶどう》色の本が思い浮かぶ。もしあの中に高岡先輩の写真が挟んであるのだとしても、――いや、それならば余計に、大切に想っている先輩の心を傷つけるようなことを、志保がするはずがない、と思った。

教室に向かいながらマリエたちのやり取りを思い返していたすずは、ふと引っかかる言葉を思い出した。

「あの、ポンタくん」

「ん？」

「今、葉月ちゃんが二階堂さんのこと庇ってたよね。ユミちゃんがそのことで何か言いかけてたけど、中学の時、何かあったの？」

「あー」

ポンタは階段を上りながら、

「三浦葉月と二階堂は、……まあ、元ライバルっていうか、戦友っていうか」

「戦友？」

「そ。葉月も中学までは弓道部だったからさ。今じゃあんなだけど」

「えっ、……」

「意外だろ。二階堂と張るくらい、強い選手だったよ。いつも安定してる二階堂と違ってかなり波はあったけど、調子いい時はそれこそ、あいつの射姿は神がかって見えた。やめるって言い出した時は、高岡部長もわざわざ中学まで来てくれて、皆で必死になって止めたんだけどな」

「――」

『もう一人いたはずなんだよな。名前は思い出せないけど、同じ学年の女子でかなりの腕を持った射手が。もしその子もここに来てるなら、インターハイは面白いことになりそうだね』

波留斗が言っていたのは三浦葉月のことだったのかもしれない。

「知らなかった。だって、……あの二人、普段は全然話さないし、どっちかっていうと仲が良くないみたいだったし」

図書室で睨み合っていた二人の表情を思い出しながら言うと、ポンタは「まあな」と頷いた。

「変わったからなあ、葉月は。元々ギャルっぽい感じだったけど、弓道から離れてそれが加速したっつーか。むしろ、弓道を忘れたくて自棄《やけ》になってるみたいに、俺には見えた」

「……忘れたくて……？」

「葉月は、本当は弓道を続けたかったんだよ。でも、〝早気《はやけ》〟って言って、……んーと、うまく説明できないけど、まあ弓道特有のスランプみたいなもんに陥《おちい》っちゃって。いつ抜け出せるかもわかんなくて、悩んだ末にやめることになったわけだ」

「そうだったんだ……」

「二階堂は怒ってるんじゃないかな。葉月が弓道から逃げたことを、今でも。葉月もそれがわかってて、……だから、二人は目を合わせないんだと思う。友情とかそういうものとは別の、……なんつーか、いい意味でも悪い意味でも、あいつらには強い結びつきみたいなもんがあって。表面では関わらなくても、たぶんそれは、簡単には解けないんだよ」

放課後の昇降口で靴を履きかえていると、すぐ横を誰かが通り過ぎた。何気なく顔を上げ、「あ」と小さく声を漏らす。

ひょろりとした長身。凜《りん》とした佇まい。――弓道部の高岡部長だ。

急いで上履きを仕舞い、下駄箱の端から顔を出す。高岡は肩から提げた重そうなスポーツバッグをひょいと背負い直してから、迷いのない足取りで外に出ていった。すずは無意識に足音を忍ばせながら、そのあとに続いた。

自転車置き場を抜け、ボールの音が響くテニスコートの横を通り過ぎ、進んでいく。弓道場への方向とは違う気がする。どこに行くのだろう。足早な背中を見失わないよう、すずは小走りでついて行った。プールの角を曲がったところで、ひゃっと飛び上がる。

「――何か用？」

高岡が目の前に立っていた。メガネの奥から静かにこちらを見下ろしている。

「いえ、……その」

すずはモゴモゴと口ごもった。高岡の問いかけには答えようがない。なぜあとを追ってきたのか、自分でも整理がついていないのだから。

「この前、神主さんと一緒に道場にいた子だよね」

「はい……」

「君も、沢尻理佐子の友達？　俺を締め上げに来たの？」

「いえ、……そんな」

すずは慌てて首を振った。

「そんなことしません。ただ、今回のことで、二階堂さんが」

「……二階堂が？」

「疑われてるんです。理佐子ちゃんの悪口を、高岡先輩に吹き込んだんじゃないかって」

図書室での出来事をかいつまんで説明する。理佐子が恋衣神社に来た時のことは、自分が伝えるのはフェアではない気がしたので黙っていた。

「みんな、疑心暗鬼《ぎしんあんき》になってて。だから……よかったら教えていただけませんか。先輩はあの時の会話の内容を、誰から聞いたんですか」

「……」

高岡はじっとすずの顔を見つめている。遠くから見た時は気づかなかったが、彼はとても綺麗な目をしていた。

「……教えたいのはやまやまだけど。俺にもわからないんだよ」

「え……」

「手紙が下駄箱に入ってたんだ、昨日の朝。差出人は不明。内容は〝今日の昼休みに告白されると思うけど、こんな考えの子だから断るべき〟だとか、そんな感じ。ランクを下げるとかなんだとか、会話の内容をそのまま書き起こしてあったよ」

「……手紙……」

「事務的な、感情が何も感じられない文章だった。だから余計、説得力があったのかも」

すずは愕然《がくぜん》としていた。

正直、もう少し軽く考えていた。犯人がいるにせよ、悪気なく世間話のついでに伝えたとか、その程度だと思っていた。――まさか、書面で密告されていたなんて。

そこに明確な意図を感じ、鳥肌が立った。誰かが、理佐子の告白を確実に邪魔しようとしたのだ。

「もちろん、初めから鵜呑《うの》みにしたわけじゃなかった。でも、本当に告白されたからびっくりして。まさかとは思いながら、試しに沢尻さんに〝広末よりランクが低いけど、いいの？〟って聞いてみたんだよね。そうしたら顔面蒼白になって、〝ちがうんです、あれは〟って言い訳し始めて。ああ、ホントだったんだなって」

涼しげな目元に苦い笑みを浮かべ、

「あの手紙は悪意だったかもしれないし、歪んだ善意だったかもしれない。でも結果的に、密告者には感謝してるんだ。何も知らずにＯＫなんか出してたら、危うく笑い者にされるところだった」

「……ＯＫするつもりだったんですか」

「さあ。今となってはそんなの、どうでもいいことじゃないの？」

「もし、――理佐子ちゃんの気持ちが、本物でも？」

高岡は少しの間視線を宙に留めてから、

「本物とか偽物《にせもの》とか、……俺には、その違いが何なのかさえわからない。とりあえず、今は弓道に集中したいから。そういうのは必要ない。……行っていい？」

くるりと背中を向けられ、急いで「あの」と引き留める。

「……その手紙は今、どこにあるんですか」

「すぐ丸めてゴミ箱に捨てたよ。昇降口の脇にある、ブルーのゴミ箱」

高岡先輩が去ったあとも、すずはその場にしばし立ち尽くしていた。ふと視線を上げた時、そこが弓道場のすぐ裏手であることに気づいた。

5

その週の木曜日は、ここしばらく続いていた曇天《どんてん》が嘘のような、爽《さわ》やかすぎるほどの快晴だった。

昼休み、璃子と一緒に図書室に向かっていると、廊下の先からキャー、という悲鳴のようなものが聞こえてきた。顔を見合わせ、足を速める。入口に辿り着いて中を覗くと、

「やだー、神主さん、すごーい！」

「ねえ、私にも私にもー」

図書室は、先週ほど賑わっている様子はなかった。理佐子の件が影響しているのか、女子生徒の数は半分ほどに減っている。

その代わりに、と言うか何と言うか、以前、篠田さやかが座っていた窓際の特等席に、なぜか波留斗の姿があった。いつもの神職姿で数人の女子生徒に囲まれ、エヘエヘしている。

そのままUターンしかけたが、その前に波留斗が気づき、ぶんぶんと手を振ってきた。

「すずちゃん、こっちこっち。おいでよ。楽しいよ」

「……」

気づかないふりもできず、すずはのろのろと波留斗たちのほうに向かった。璃子は非情にも「じゃーね、がんばって」と手を振り、書棚のほうに行ってしまった。

「……何してるんですか……」

少し離れた位置に立って聞くと、波留斗はキリッとした表情で「今日は正々堂々、遊びに来た」と胸を張った。

「弓道部の顧問と仲良くなっちゃってさ。さっき職員室で将棋《しょうぎ》を指してきたとこ。ついでに、廃棄《はいき》する古いピアノのお祓いもしたけどね」

本来であれば、将棋のほうがついでだと思うのだが。

「ねえ神主さん、次は私の番でしょ。早くぅ」

隣に座る女子に肩を揺さぶられ、「わかったわかった」と差し出された両手のひらを覗き込む。真剣な表情で眺め、

「んーと。今の時期、恋愛運はなかなかいいね。……けど、ちょっと気が多いんじゃない？　気になる人、何人かいるでしょ」

「わ、すごい！　何でわかるのー。神主さんだから？」

「いや、学生時代、合コンでモテるために手相の勉強したから」

「ねえねえ、じゃあどの人を選べば幸せになれるか、わかる？」

「わかるよ」

波留斗はスッとテーブルの上を指差し、

「その本に挟んであるのは、誰の写真？」

「えっ、……これは……」

「自分でもわかってるくせに。フラれるのが怖くて他に保険をかけようとしたらダメだよ。欲しいものには一点集中。雑念は捨てて真っ直ぐ伝えれば？　この際、バカになっちゃっていいと思うよ」

「……」

女子生徒は目をキラキラさせ、「ありがとう」と波留斗の手に自分の手を重ねた。

「ねえ、神主さんにお願いしたら、願い事って叶うの？」

「いや、俺じゃなくて神様にお願いしないと。神主はあくまで神様に願い事を伝えるだけの仲執《なかと》り持《も》ちだから」

「でも、……アベノセイメイ、だっけ。呪文を唱えて魔法みたいなの使ってるじゃない」

「あー、あっちは陰陽師《おんみようじ》ね。うちとはまたジャンルが違うの。俺たち神主の仕事は主に掃除とお祓い、そして掃除。あと氏子《うじこ》さんへの営業。……というわけで、結婚式とか赤ちゃんのお宮参《みやまい》りは是非恋衣神社に来てね」

「えー、なんかつまんない」

「主に掃除とか、めっちゃ地味じゃん」

「いや、だけど俺、式神《しきがみ》は出せないけど、おっぱいが大きくなるおまじないなら知ってるよ。ちょっと片一方だけ出してみ」

「キャー、へんたーい」

「ヘンタイ神主ー！」

手を伸ばそうとして背中をバシバシ叩かれ、エヘエヘしている。静かに注《そそ》がれるすずの冷たい視線を感知したのか、ふと顔を上げ、

「すずちゃんどうしたの。なんか違う人みたいになってる、顔が」

すずは目いっぱい膨らませたほっぺをしゅっと縮めた。

「こんなとこでのんびりしてたら、椋鳥さんに怒られますからね、知りませんからね」

「違うよ、神主にとって、もちろんお祓いも大事だけど、こうして女の子たちのおっぱいに纏《まつ》わる悩みを聞くのも大切だと思うよ？　あとバレなければ大丈夫だよ」

「やだあ、だれもおっぱいの悩みなんて相談してないしー」

すずを取り残し、再び楽しそうなキャッキャウフフ背中ペシペシが始まる。

「——バレますよ、必ず」

真顔で言うと、波留斗が目をぱちくりした。

「なぜなら——わたしが言いつけるからです」

ぷいっと顔を逸らし、書棚のほうに向かう。おっぱいのくだりはともかく、女子高生に手を握られて平気な顔をしているのが何だか、……何だかもう、とにかく面白くない。

いじけ半分、子供じみた態度を取った自分自身への腹立たしさ半分の気持ちで書棚を見上げていると、ぺたぺたとスリッパの足音が近づいてきた。

「すーずちゃん」

波留斗がすぐ後ろに立ち、上から顔を覗いてくる。

「怒ってるの？」

「……別に……」

「怒らないで」

「怒ってません、てば……」

気を使わせたことを申し訳なく思いつつ、それでも追いかけてきてくれたことがちょっぴり嬉しくて、緩みそうになる頰を必死で制御する。

「わかったよ、今日はもう帰るよ。邪魔してごめんね」

頭をポンポンして、「じゃあね」と手を振る。歩き出した波留斗の袖を、すずは思わず摑んだ。引っ張られてよろけた波留斗が「おっ」と本棚に摑まる。

「お昼休みが終わるまで、だったら……椋鳥さんに言いつけません」

「……」

俯いていると、波留斗がこちらに向き直った。

「じゃあ、もう少しいてもいい？」

こくり、と頷く。大きな手のひらが、今度はすずの頭をクシャッと撫でた。

「じゃあ、今のが読み終わってから借りる本、一緒に選んでおこうか」

『宗教』のコーナーまで行き、一緒に本を探していると、波留斗が小声で「そういえばさ」と囁いた。

「リサちゃん――理佐子ちゃん、だっけ。告白、ダメだったってさっきの子たちから聞いたんだけど。ショックを受けて三日間も学校休んでるって、ホント？」

「……はい」

「大丈夫かな。ちょっと気になってさ。仲のいい子たちとも連絡を絶ってるんだって？」

すずは周囲を見回し、背伸びして波留斗の耳元に口を寄せた。

「わたしもどうしていいか、わからないんですけど」

身を屈めてくれた波留斗に、志保が疑われていること、そして高岡から聞いた話を漏らさず伝える。

「──手紙、か……」

すずの話を聞き終えると、波留斗は難しい顔で考え込んだ。両袖に手を突っ込み、唇を尖らせて一点を見つめる。

「せめて、その手紙が残ってればなあ。重要な手掛かりになるのに」

「ありますよ」

「そうかー」

顎に手を当て、難しい顔でため息を吐いてから、

「……えっ。なんて?」

「その手紙ですよね。あります」

すずはスカートのポケットを探り、くしゃくしゃになった紙を広げた。Ａ４サイズのコピー用紙だ。

「高岡先輩、読んですぐに昇降口のゴミ箱に捨てたって言ってて。もしかしたらと思って探してみたら、ゴミ箱の向こう側に落ちてました」

波留斗がさっそく文面に目を走らせ、眉をひそめる。

「……なにこれ」

「怖いですよね……。高岡先輩も言ってました。〝感情のこもっていない文章だ〟って」

文章には、書いている人間の思いが滲《にじ》み出るものだ。もし、理佐子への悪感情や正義感が絡んでいれば、怒りや嫉妬《しっと》など、行動を起こした要因がどこかにちらつくはず。しかし、この短い手紙をいくら読み返しても、その欠片さえ見つけることができなかった。温《ぬく》もりどころか、冷たささえも。

「初めは、……この手紙を読むまではわたし、密告者は高岡先輩のことを好きな誰かかもしれないって、思ってました。でも今は、何だか違う気がしてて。思い余って書いたにしては、冷静すぎるというか……」

「そうだね」

波留斗も頷いた。

「犯人の目的は、別のところにあるのかもしれない」

陰鬱《いんうつ》とした気持ちで不気味な手紙を見つめる。新聞記事よりも感情のない、言葉の塊。使われている硬めのゴシックフォントが、さらに無機質さを助長している気がした。

「――あんたたちなにしてんの？」

後ろから声をかけられ、ぎょっと振り向くと、すぐ後ろにキョトン顔の璃子が立っていた。波留斗がさりげなく手紙を畳み、袂《たもと》に仕舞う。

「あ、璃子……。借りる本、決まった？」

「読みたいのがあったんだけど、司書さんに聞いたら貸し出し中だって。今日はやめとく」

そう言ってから、波留斗の顔を見上げる。

「今日って仏滅《ぶつめつ》でしたっけ」

「そうそう。よく知ってるね」

「仏滅は結婚式場と神社がヒマだって聞いたことあったから」

「あ、そう」

波留斗の顔をまじまじと見つめ、

「わりとイケメンですね」

「それはどーも」

「しゃべると惜しいけど」

「ん？」

「いえ、なんでも」

璃子は澄まし顔で、

「神主さん、急にいなくなっちゃったって巨乳の司書さんが困ってましたよ。廃棄する本を運ぶ力仕事、手伝う約束になってたんじゃないんですか」

「あ、いけね。そうだった」

波留斗はポンと手を打ち、

「ごめんねすずちゃん、用事思い出したから、またあとでねー」

そう言って手を振り、鼻歌交じりにいそいそと歩いていく。すずはぽかんとその後ろ姿を見送った。

「……」

——ピアノのお祓いでも将棋でもなく、巨乳目当てだったとは……。

「ちょっとすず、大丈夫？　人相変わってるよ？」

大きく膨らんだすずのほっぺを璃子が両側からつつくと、ぷしゅっと空気が抜けた。

「心配だなあ」

璃子は困った顔で首を傾げ、

「すずみたいにぽやっとした子が、あのチャラい神主に太刀打《たちう》ちできるか、心配」

「太刀打ち、って……わたしはべつに」

「確かにいい人っぽいけど、たぶんみんなに優しい人なんだと思うよ。あんまり期待しすぎちゃだめだよ、あとで傷つくから」

「——」

一瞬、言葉を失う。何か言わなければと口を開いてから、いったん閉じる。

璃子の言う通りだ。波留斗は誰にでも、同じように優しい。そのことに今さら思い至り、そして自分が思いのほかダメージを受けていることに驚いた。

「な、なんの話かわたしにはさっぱり」

しどろもどろになりながら言うと、璃子は「ふーん」と言ってすずのほっぺをぷにっとつまんだ。

「認めたら楽になるよ？」

「ちらうっへば」

「ほれほれ、言っちゃいなよー」

「や、やめへよー」

璃子からのソフトな拷問《ごうもん》に必死で抵抗を続けていると、

「——なんであんたなんかの言うこと聞かなきゃいけないわけ？」

読書コーナーのほうから大きな声が聞こえた。

駆けつけてみると、まず目に入ったのは入口のところに仁王立《におうだ》ちするユミの姿だった。いつもは開放されている引き戸が今は閉ざされている。女性司書は波留斗と一緒に出ていってしまったのか、カウンターは空席だ。

テーブルの前に立ち、座っている面々を見下ろしているのはマリエ。葉月だけは少し離れたところに立っている。腕の中にはグリーンの本を抱えていた。顔色があまりよくないようだ。

「見せられないってことは、先輩がチクったってことでいいですか？　やましいことがなければ協力できるはずですよね」

指を差された女子は唇を噛み、じっとマリエを見返している。

璃子がそっと近くのテーブルに歩み寄り、「これ、どういう状況？」と問いかけた。女子生徒はマリエのほうを気にしつつ、ウンザリ顔で「犯人探しだって」と答えた。

——犯人探し？

「今の説明で理解してもらえました？　つまりですねえ」

マリエが演説者のように声を張った。

「みなさんはおまじないに使ってる本の中身をあたしに見せてくれるだけでいいわけですよ。密告者は絶対に高岡先輩の写真を挟んでるはずだから、それ以外の人は無罪確定。簡単でしょ？　それで身の潔白《けっぱく》を証明できるんだから」

「でも」「どうしてあたしたちが」など、不満の声はパラパラ上がるものの、面と向かって異議を唱える猛者《もさ》はいないようだった。先ほどの先輩も下を向いてしまっている。

「あれ？　あんまり気が進まない感じです？」

マリエが仕方ない、というふうに肩をすくめた。

「じゃあ、あたしからひとつ提案したいと思うんですけど。……実は、事前の調査によって容疑者がある程度、絞れてるんですよねえ」

「――」

――嫌な予感がする。

すずはテーブル席を見渡した。席に着いている女子生徒たちの、その中に二階堂志保の顔を見つけ、ハッとする。

「その人が進んで協力してくれたら、他の皆さんは写真を見せずに済むってわけです。いい提案でしょ？　――ね、二階堂さん」

志保がゆっくり顔を上げる。怒る気にさえなれない、とでも言いたげな、冷めた表情だった。

「何なの。何がしたいの？」

「聞こえなかった？　本に挟んでる写真を見せろって言ってんの」

「目的は？」

「あんたが密告者だってことを、みんなの前ではっきりさせたいの」

「……バカバカしい」

「言い逃れようとしても無駄だよ。あんたが中学の頃から高岡先輩に憧れてたことはわかってるんだから。理佐子の邪魔をしたくて先輩に余計なこと吹き込んだんでしょ」

志保はじっとマリエの顔を睨みつけ、動かない。

「時間稼ぎはやめたら？　他の皆が迷惑してるからさ、さっさと出してくれる？」

「——ちょっと」

声を上げたのは、先ほどの先輩だった。

「さっきから偉そうに言ってるけどさあ。あんたたちが先に見せなよ、写真」

もっともな言い分に、マリエがぐっと詰まった。

「あ、あたしたちは、別に——」

「まずは自分たちの身の潔白を証明してよ」

「そうだよ。それができないならこんなこと仕掛けんな」

先輩の一人が、本を抱える葉月のもとに勢いよく歩み寄る。伸ばされた手に葉月が身構えたその時、

「——もう、いいですよ」

志保が静かに立ち上がった。

「くだらない。こんなおまじない、効きっこないのに」

葡萄色の本の背表紙をつまむようにして、ゆらゆらと揺する。中から一枚の写真が覗き、ひらりと落ちた。一回転し、テーブルの上にきれいに着地する。

「これで、満足？」

「──」

志保は本をテーブルの上に放り出すと、スタスタと出入り口に向かった。動けずにいるユミの身体を押しのけ、勢いよく引き戸を開けて出ていく。

「……これ、……」

写真を覗き込んだ先輩が呟く。

「高岡先輩の写真とか言って、全然違うじゃん」

「ていうかこれ何？　何の写真？」

「なんでこんな──」

すずはテーブルに駆け寄った。隙間から顔をねじ込むようにして、やっと写真を目にする。それを見て戸惑い、──そして、すぐに理解した。志保が本の中で静かに温めていた、その願いを。

「あの子の親、……離婚することが決まって」

ポツリと言ったのは、葉月だった。

「志保が小さい頃から、喧嘩《けんか》ばっかりだったみたいで。二人が仲良しだった頃の写真て、たぶんこれしかなかったんだと思う」

テーブルの上にあったのは、神社の鳥居《とりい》の前で撮られた家族写真だった。母親に抱かれた小さな赤ん坊は、ベビードレスの上から真っ赤な着物を掛けられている。志保のお宮参りの時のスナップだろう。少し撚《よ》れた写真の中では、志保にそっくりな母親と、あまり似ていない父親が頬を寄せ、幸せそうにはにかんでいた。

「志保はやり直してほしかったんだ、きっと。……お父さんと、お母さんに」

静まり返った図書室。すすり泣く声が小さく聞こえ、皆の視線がそちらに向けられる。

そこには、立ち尽くして子供のように泣きべそをかくマリエの姿があった。


志保のローファーの隣に自分の靴を収めてから、波留斗に教えてもらった通り、左足から弓道場に足を踏み入れる。見ると、板の間より一段高くなっている畳の上に志保の姿があった。すずが入ってきたことに気づいていないかのように、仰向けに寝転んで天井を見ている。

声をかけることがはばかられ、すずは少し迷ってからしずしずと弓道場の奥に進んだ。神棚の前に立ち、作法に倣《なら》って二拝、柏手《かしわで》をパン、パンと響かせたところで、志保がブホッと噴き出した。

「……お、おもむろに何するのかと思ったら……っ」

よほどツボだったのか、畳の上で身体を丸め、笑い転げている。仕方なく笑いが収まるのを待っていると、入口にもう一人、女子生徒が姿を現した。葉月だ。

「おー、スゴーイ。新しーい」

天井を見上げ、興奮したように目を輝かせる。

「中学の道場、床がギシギシ言ってたもんなあ。すごい違い」

感心したように周囲を見回しながら志保のほうに近づいていき、当たり前のようにストンと畳の上に腰かけた。

「ほら、忘れ物」

葡萄色の本でポコ、と頭を叩かれ、寝転んだままの志保が「痛いよ」と苦情を言った。葉月がいたずらっぽく笑う。

その様子がとても自然で、すずは何だか胸が熱くなるのを感じた。弓道場というこの場所でなら、二人は中学時代に戻れるのかもしれない。

「ねえ」

「なに」

「マリエのこと、許してあげてよ。理佐子が学校来ないもんだから、何とかしてあげなきゃって、そのことで頭がいっぱいになっちゃってさ。ああ見えて、意外と人情派なのよあの子」

「……別にいいよ、もう」

志保は仰向けになったままウーンと身体を伸ばした。

「——猫牟田さんもこっち、おいでよ。板張りって冷えるからさ、足元」

「……うん」

嬉しくなってトトト、と駆け寄ると、葉月が場所を開けてくれた。二人の邪魔にならないよう、少し間を開けて座る。

「――ごめん、志保」

少しの間の後、小さな声で葉月が言った。

「何が」

葉月は黙って自分の本を開き、中に挟んだ写真を取り出した。

「庇ってくれたんでしょ、さっき。私のこと。これを見られなくて済むように」

畳の上に置かれたのは、高岡先輩の写真だった。――もしかしたらと思っていたので、すずはさほど驚かなかった。

「まあ、……あんたの気持ちが理佐子にバレたら困るだろうなと思ったから」

ごろん、と身体を半回転させ、うつ伏せになって頬杖をつく。

「葉月も長いねえ。先輩のこと好きになって、もう三年？　……まあ、私も人のこと言えないけど」

「そうだよ、志保のほうが長い。だって先に好きになったの、そっちじゃん」

「そうだったっけ。忘れた」

少し投げやりに言って、ふ、と笑う。

「どっちにしろ、もう終わるよ。転校したら、さすがに私だって、」

「志保がぐずぐずしてるからでしょ」

「……」

「私が弓道やめる時、言ったじゃない。先輩はあんたに譲るって。さっさとくっつけばよかったのに」

「そう簡単にはいかないでしょ。だって、部活内の恋愛とか、いろいろと面倒だし」

「面倒でも、がんばってくっついてほしかったよ」

志保は驚いたように葉月の顔を見て、上体を起こした。

「……どうしたの、葉月……」

「志保にならって、……。私、せっかく先輩のこと、諦めたのに。……それなのに……」

葉月がぎゅっと制服のスカートを握り締める。

「……なんで、横から理佐子に取られなきゃいけないの」

その声は、涙声に変わっていた。

「葉月、……」

「イヤだったの。高岡先輩を、志保以外の誰かに取られるのが。だから、……。自分の本にこれを挟んだの。高岡先輩の写真」

「……」

「ひどいよね、私。友達なのに。これっておまじないじゃなくて、……呪いだよね」

すずはおろおろしながらポケットを探り、横からハンカチを差し出した。葉月が弱々しく微笑みを浮かべ、受け取る。

「だけど、──私じゃない」

鼻を啜《すす》り、真剣な表情で志保の目を見つめる。

「高岡先輩にチクったのは、私じゃないよ。そんなこと、絶対にしてない」

「……わかってるよ」

志保は穏やかに言った。

「最初から疑ってない。ちゃんとわかってる。理佐子もわかってると思うよ。正直なこと、話してみたら」

「……」

葉月の顔がたちまちくしゃっと歪む。俯くと、その目から涙がぽろぽろっと零れた。嗚《お》咽《えつ》を堪えながら泣く葉月を、志保はとても優しい目で見つめた。

「もう戻れないんだなあって、中学時代のこと、思い出すこともあったけど。葉月も私も、実は大して変わってないのかもね。……なんか、今ならなんでも言える気がする。あの頃みたいに」

志保の目が、過去を懐かしむようにフッと遠くなる。

「私ね。ずっと謝りたかったんだ。早気に悩んでた葉月に、逃げるっていう選択肢を許してあげられなかったこと。弓道をやめるって聞いた時、葉月のこと、たくさん責めちゃったけど。……あの時の私は、自分のことしか考えてなかった。葉月っていう大事なライバルを、仲間を失って、一人で頑張ってく自信がなかったんだと思う。怖かったんだと思う。……ごめん……」

葉月の泣き声が大きくなる。志保の切れ長の目にも涙が滲んで見えた。それを誤魔化すように目を瞬《またた》いてから、──ふとすずの顔を見る。

「猫牟田さんてさあ、……控えめに見えるけど実は意外とあれだよね。お節介だよね」

「……」

もらい泣きを我慢して目を真っ赤に充血させたすずの顔を見て、葉月が噴き出した。志保も笑い声を上げる。泣き笑い状態の二人から肩を抱かれ、すずも一緒になって、笑った。

放課後。委員会で残るという璃子と教室で別れ、すずは昇降口を出た。グラウンドに響く、野球部員たちの気合いの入ったかけ声を聞きながら校門へと向かっていると、視界の端に何か白いものが映った。そのまま通り過ぎ、少し歩いたところで立ち止まる。

「……」

──あれ。なんか今、変なものが見えた気が……。

数歩後退し、自転車置き場の壁の向こうを覗いてみると、

「――まだいらっしゃったんですか」

自転車置き場に停められたスクーターの座席に、波留斗がちょこんと横座りしていた。

すずの顔を見て、ニコニコしながら手を振ってみせる。

「ちょっとね、ついつい話し込んじゃって」

「よかったですね、楽しそうで」

「あっ、なにそのトゲのある言い方。なに怒ってんの」

「いえ、別に」

波留斗と女性司書がイチャイチャしている光景を頭から追い払ってから、

「これから戻るんですか」

「うん、その前に寄るところがあるけど」

「どこに」

「すずちゃんち」

「え」

「送っていってあげる。おうちまで」

「……」

すずは目を瞬いて、

「けっこうです」

「おっ、まさかの拒否」

「だって、……制服でバイクに乗るのは校則違反ですし」

「大丈夫、上着貸すから」

「でも、……その」

「なに」

「……こわいから……」

「え、バイクに乗るのが、ってこと?」

こくり、と頷く。

「……もしかして、初めてとか?」

もう一度頷くと、波留斗はなぜかフルスロットルでテンションが上がったらしかった。

「大丈夫。俺が教えてあげるから。とりあえずこっちおいで、上着着せてあげる」

言われた通り近づいていくと、波留斗はメットインの中からカーキ色の上着のようなものを取り出した。袖が幅広で、白衣の上から羽織《はお》れるようになっているものだ。

「これ、薄っぺらいけどあったかいから。見た目はあれだけど、今回はガマンね」

すずの肩からバッグを外し、羽織をふわりとかけ、紐《ひも》を結ぶ。大人しく為《な》すがままになっていると、後方から足音が近づいてきた。

「──あ、おつかれさまです。お早いお帰りですね」

首を巡らせると、こちらに向かってくるのはあの女性司書だった。なぜか表情をこわばらせ、顔を伏せて足早に横を通り過ぎる。

「……あれれ。嫌われちゃったかなー」

後ろ姿を見送り、波留斗が残念そうに呟いた。

「……逢坂さん……」

「ん？」

「いったい何したんですか、あの人に。まさか欲望の赴《おもむ》くまま、──」

「ちょ、ちがーう。何だと思ってんの、俺のこと。ちょっときつめに釘を刺しただけだってば」

「釘？」

「そ。人の恋路を邪魔すると神様に嫌われるからこれ以上はやめとけ、って。今の様子を見ると、ビンゴだったみたいだね」

「……？」

一瞬考えて、ハッと顔を上げる。

「まさか」

「うん、そう。例の密告者はたぶん、彼女」

すずは女性司書が走っていった方向に目をやった。とても信じられない、——というか、密告という行動と彼女とがまったく結びつかない。

あの日のことを思い浮かべてみる。理佐子たちと志保が衝突した時、確かに彼女もあの場所にいた。内容も耳に届いていたはずだ。そういう意味では容疑者の一人。

——でも……。

「理由は？　……まさか、高岡先輩のことが好きだったとか」

「いや、違う。あの人は、自分が大切にしているものを台無しにされるのが耐えられなかっただけだ」

「大切なもの……？」

「そう。——本だよ。あの人は本を守りたかったんだ。彼女にとって、今回流行ったおまじないの内容は、とうてい許しがたいものだったんだと思う」

「どういうことですか」

「まず、例のおまじないのルールには〝肌身離さず持ち歩く〟っていう項目があったよね」

「はい」

「そのせいで、生徒たちが飲み物をページに零して濡らしたり、何度も落としてハードカバーの角が潰れたり、……かなり傷《いた》んだ状態で戻ってくることも多かったらしい。修復がきかなくて廃棄することになった本もあるって、怒ってたよ。もっと大切に扱ってほしいって」

「あ……」

真っ先に浮かんだのは、葉月がマニキュアを塗るために本を台座に使っていた光景だった。

思い起こしてみると、汗をかいた缶ジュースを置いてコースター代わりに使ったり、居眠りの時に枕として使っていたり、――確かに、彼女たちには本を大切にしようという意識は乏《とぼ》しかったかもしれない。

「あの図書室だって、彼女にとっては静かで神聖な場所だったのに、おまじないのせいで騒がしいおしゃべり広場みたいに変わっちゃったでしょ。思い余って学園にも掛け合ったけど、貸出冊数が増えているのは良い傾向だからって取り合ってもらえなかったんだってさ。だから、……彼女は自分で何とかしようと思った。自分の手で、おまじないのブームを終わらせようと決めたんだ。しばらくは理佐子ちゃんにしたような、今回と同じことを繰り返すつもりだったのかもしれない。図書室のカウンターでみんなの雑談を聞いていれば、情報はいくらでも入ってきただろうから」

「――」

彼女の胸の内を想像してみる。毎日をあの場所で過ごし、本の手入れを欠かさなかった彼女は、汚された本たちを前にして、いったい何を思っただろう。

——平穏な毎日は崩された。

——これは全て、あのくだらないおまじないのせいだ。

——おまじないなんか効かないのだと、皆に思い知らせてやらなくては。

几帳面に分類され、きちっと整頓された棚を思い出す。そこには本への、そして図書室という空間への愛情が確かに存在していた。思いが強かったからこそ、彼女はそんな歪んだ行動に出てしまったのかもしれない。

「でも、……どうして気づいたんですか。あの人が密告犯かもしれないって」

「それはね」

波留斗は袂を探り、例の密告書を広げてみせた。

「確信したのは、これ。この独特のフォントだよ。図書室の棚に挿し込んであるジャンル分けの札は、全部このフォントで作られてる。〝お静かに〟の注意書きなんかも。きっと、彼女のこだわりなんだろうね」

見てみたが、普段からパソコン入力に縁のないすずには、普通のフォントとの違いがよくわからなかった。

「それから、もうひとつ。疑うきっかけになった一番の理由はね」

波留斗は袂から何かを取り出した。ピンク色の細長い厚紙。すずの目には見慣れたものだ。

「それ、……しおり、ですよね」

「うん。あのお姉さんが手作りしたしおり。本を貸し出す時に毎回、挟んで渡してるらしいんだけど。ここに図書室のルールが載ってて」

波留斗は縦書きの文面をすずのほうに向け、ある項目を指差した。

「おまじないの内容と照らし合わせてみると、この部分に大きな引っかかりを感じるよね」

文字を追ったすずは「あ」と声を漏らした。

波留斗が指さす最後の行には、他の文字より少し大きな赤いフォントで『貸出期限は二週間です。必ず守りましょう』と書かれていた。

「……おまじないでは、確か三週間持ち歩く必要があるって……」

「そう。真面目な彼女にとっては、ここが一番我慢できないところだったんじゃないかな。わざわざ赤い文字で強調しているのを見ても、貸出期限は特に、絶対に守ってほしいルールだったんだと思う」

期限も守られず、本も傷んだ状態で返却される。完璧主義の人間にはかなりのストレスだっただろう。

もちろん、だからといって誰かの想いを踏みにじっていいとは思わないけれど。

「まあ、彼女がやったって確かな証拠があるわけじゃないし、今回の内容では名誉棄損《めいよきそん》にあたるかどうかも難しいところだから。俺としては少し様子を見て、もしまた何か問題を起こすようなら次は容赦しない、っていうスタンスがいいんじゃないかと思うんだけど。すずちゃんはどう思う?」

「……そうですね……」

すずは目を伏せ、

「やったことは許せないけど、でも……逢坂さんがそう思うなら、賛成します」

「ありがと。……でも、ひとつだけ、心配なことがあるんだけど」

「なんですか」

「理佐子ちゃんたちは、大丈夫かな。真犯人がわからなくても、疑心暗鬼は解けそう?」

「……」

すずは葉月の泣き顔、そしてそのあとに見せた晴れやかな笑顔を思い出し、頷いた。

「大丈夫だと思います。今日、みんなで理佐子ちゃんの家に行くって言ってました。今度こそ隠し事はせずに、真っ直ぐ話をしてみるって」

「そっか。それならよかった」

にっこり笑って、すずの頭にスポッとシルバーのヘルメットを被せる。

「それにしても、ちょっと怖がらせすぎちゃったかなー。めっちゃ避けて通ってたもんなあ」

「え？」

「いや、あの司書ちゃんにさ。次に変なことしたら、好きな人と両想いになれない呪いをかけるよって、脅かしたから」

「……そんな得体の知れないこともできるんですか逢坂さん」

「できるわけないじゃん。ただの脅しだよ。誰かを呪ってるほど暇じゃないし。神主さんはね、前向きに頑張ってる人を応援するだけで手いっぱいなの」

　波留斗はこちらに身を屈め、ヘルメットの顎紐を調節してくれた。顔が近づき、微かに心臓が跳ねる。目元にかかるアッシュブラウンの前髪は夕暮れ色を含み、その奥にはグレーがかった綺麗な瞳が見えた。

　ふと、その髪に触れたい衝動にかられたけれど、それを実行する勇気は、すずにはなかった。

　セルを回す音がした直後、ブオン、というエンジン音とともにスクーターが振動した。悲鳴を呑み込み、浅葱《あさぎ》色の腰紐をぎゅっと握りしめる。

「大丈夫？」

「は、はいっ」

「足、ステップにちゃんと届いてる？」

「届いてますっ」

心拍数を少しでも下げようと、何度か深呼吸を繰り返す。

排気ガスとオイルの匂い。街中で遭遇したことはあるが、自らその発生源に跨《また が》るのは初めてのことだ。

すずは落ち着かない気持ちで周囲を見回した。学校の裏門から出て塀沿いに数メートル移動しただけのこの場所。長居すれば生徒や教師に遭遇する危険がある。

「じゃ、行こうか」

「はいっ」

身を硬くし、言われた通り太ももで波留斗の身体をしっかりと挟む。腰ひもをさらにきつく握り締めたところで、

「すずちゃん」

「はいっ」

「ちょっと両手、貸して」

「……？　はい」

遠慮がちに両側から手のひらを差し出すと、波留斗がすずの腕を摑み、前に引っ張った。

「これで、自分の指を組んでごらん」

言われた通りにすると、確かに体勢が安定した。波留斗の体温を感じ、怖い気持ちが少

しだけ薄れる。背中越しに心臓の音が伝わってしまわないかと、それだけが気になった。

「すずちゃんに腰ひもを引っ張られて、走ってる時に解けちゃったら大変だからさ。街がちょっとしたパニックになっても、アレだし」

「……」

袴がずり落ちた状態で疾走する波留斗の姿を想像し、たまらず噴き出す。すずの笑いが収まらないうちに、スクーターはゆっくりと走り出した。

いつも渋滞気味の国道を避けようとしているのか、住宅街に続く坂道をのんびりと登っていく。坂の頂点にある十字路で一時停止をしてから、波留斗が「いくよ」と言った。

緩い坂道をぐんぐん下る。巻き起こる風が髪を乱し、頰をくすぐる。

初めてのバイク二人乗りは思ったより快適で、すずには飛ぶように流れていく周囲の景色を楽しむ余裕さえあった。自分でも意外だったけれど、それはきっと、乗っているのが波留斗の後ろだからなのだろうな、と思った。

「――怖かったらしっかり摑まって、目を閉じてたらいいよ」

風の音に混じり、波留斗の声が飛んでくる。優しい声だった。本当はそんなに怖くなかったけれど、――すずは目の前の背中に顔を埋め、両手でキュッと抱きついた。

エピローグ

木製の三方《さんぼう》に敷かれた白い紙の上で、立派な桜鯛が海老《えび》反《ぞ》りしている。――鯛なのに。何も自ら望んでしているのではない。先輩巫女《みこ》、宝生《ほうしよう》麻矢《まや》の手によって口と尻尾を麻《あさ》紐《ひも》で括《くく》られ、強制的にこのポーズを取らされているのだ。ちょっと可哀相な気もするけれど、魚を神饌《しんせん》として供える時には必要なことらしい。

今日、これから行われるのは春まつりという祭祀《さいし》だ。氏子《うじこ》総代《そうだい》を集めて祭典を執《と》り行い、地域の発展を祈念する。夏まつりと違って御神輿《おみこし》はないが、夜には参道に屋台が出るらしい。

「わ、スッゲーでかい。なにこれ、鯛？」

見ると、台所の入り口からちびっこ神主《かんぬし》の玲央《れお》が顔を覗かせていた。一人前の神職姿に身を包んだ彼は、目を輝かせながらダイニングテーブルのところまで駆け寄ってきた。

「こんなデカいの、初めて見た」

「ね。すごいよね」

「誰か釣ったの？」

「ううん、お魚屋さんで買ってきたの。直会《なおらい》で椋鳥《むくどり》さんがさばいてお刺身にする時、少し残しておいてくれるって言ってたから、一緒に頂こうね」

「やった」

直会とは、神事を行った後《のち》、参加した皆でお供えしたお酒や食材を頂くことを言う。優《ゆ》羽真《うま》は「ただの大宴会だ」などと冷めたことを言っていたけれど、すずが読んだ本によれば、これも立派な祭祀の一部らしい。神饌としてお供えした物を食すことで、神様の力を少しだけ分けてもらうのだ。

「で、すずは何してんの、こんなとこで。準備、手伝わなくていいの」

「うん、逢坂《あいさか》さんに言われて、見張り……」

「見張り？　……何の？　え、鯛の？」

「そう。支度してくるからその間、ここで見張っててほしいって言われて。すぐ戻るからって」

「鯛を、いったい何から守るの」

「それは……」

すずはちらりと台所の奥に目を向けた。玲央が不思議そうな顔でその目線を追い、「なにあれ」と目をこらす。

勝手口の上がり框《がまち》から、ぴょこんと覗くふたつの物体。それはきれいな三角形をしていて、表面には真っ白な毛が生え揃っている。

「……コタロー？」

玲央が呼びかけると、物体がピクリと反応した。顔を覗かせるかと思ったが、逆にじりじりと引っ込んでいき、完全に見えなくなってしまった。

「隠れた。——本気だ。本気で獲《と》りにくる気だ」

「そうみたいなの。去年も鯵《あじ》を一尾さらわれたらしくて。さっき麻矢さんが抱き上げて遠くに連れていったはずなのに、いつの間にか戻ってきてるし。かといって攻撃を仕掛けてくるわけでもなく、ずっとああやって勝手口のたたきに身を潜めてるの」

「コタローらしいやりかただよ。チャンスをうかがってるんだ。仕掛けるのは一回かぎり。たぶん、勝負は一瞬で決まる」

「だ、大丈夫かな……」

「だいじょうぶ。いざって時は僕が正面からの攻撃を食い止めるから、すずは鯛を守って」

「わかった」

玲央の頼もしさに感激しつつ、しっかりと頷く。

「じゃあ、ぼうぎょの作戦をたてよう。まず、僕がここ」

ダイニングテーブルの上に、玲央が小さな丸を描く。

「その後ろにすず。その後ろに鯛。問題は、横からまわりこまれた時のことなんだけど」

玲央とおでこをくっつけるようにしてテーブルを覗き込み、うんうん、と熱心に作戦に聞き入っていると、

「仲いいねーそこの二人。何のいたずらの相談？」

波留斗《はると》がひょっこり戻ってきた。頭にはいつものヘルメットではなく、平安時代のような烏帽子《えぼし》を着けている。鴨居《かもい》にぶつけるのではないかと心配になったが、そこはどうやら慣れているようで、首を器用に傾け、こともなげにひょいと潜《くぐ》った。

「ごめん、お待たせ。礼装だからいつもより時間かかっちゃって」

すずはこっそり波留斗の姿を見つめた。今日は狩衣《かりぎぬ》よりもかしこまった紺色の袍《ほう》を纏《まと》っている。普段の祭事に比べ、ぐっと落ちついた雰囲気だ。――かっこいい、……なんて本人にはとても言えないので、その感想は胸の内に仕舞っておく。

「どう、その後のコタローの動きは」

「えっと……」

勝手口のほうを窺《うかが》うと、上がり框に再び三角の耳だけが覗いているのが見えた。

「変わらず膠着《こうちゃく》状態ですけど、今のところ鯛は無事です」

「ぶじですっ」

玲央と二人でビシッと背筋を伸ばす。

「ん、玲央も見張りご苦労さま。じゃあ手を出される前にさっさと運んじゃおっか。氏子さんたちにはもう拝殿《はいでん》に入ってもらったし。……と、その前に」

波留斗は袂《たもと》をごそごそと探り、

「はい、これ。すずちゃんの分。忘れないうちに渡しとく」

「……え？」

差し出されたのは細長く折り畳まれた大きな白い紙だった。開いてみて、戸惑う。中には筆で漢字がぎっしりと書き込まれていた。最後まで丁寧に振り仮名が振ってある。

「これ、祝詞《のりと》……？」

「うん。今日は大祓詞《おおはらへのことば》を氏子さんたちと皆で唱和することになってるからさ。できるだけわかりやすいように書いてみた。すずちゃんも一緒にできたら楽しいかなと思って」

「わたしも、一緒に……」

「うん。一緒に」

「……」

じわじわと気持ちが高揚《こうよう》する。助勤《じょきん》をすることになってから初めての本格的な祭祀。仕事の合間、邪魔にならない場所で見学だけさせてもらうつもりだったけれど、恋衣《こいごろも》神社の一員として、特別な切符を分けてもらった気がした。それも、——波留斗が作ってくれた、世界にたったひとつの。

「……ありがとうございます。大事にします」

「お、めっちゃ嬉しそう」

「嬉しいです、とても」

「よかったよかった」

波留斗が少し得意げに微笑む。その顔を見て、すずは彼と初めて会った時のことを思い出した。

あの頃と比べて、わたしは少しでも変われただろうか。そうだといい。そしてこれからもこの場所で、波留斗との「はじめて」を増やしていけたら。そんなふうに思った。

「──んじゃ、行こっか」

波留斗は鯛の載った三方をよいしょと目の高さまで持ち上げ、「おもっ。なにこれむりむり、指いたい」などと泣き言を言いながらよたよた歩き出した。鯛と一緒に台所を出る時、背後から「にゃー」というコタローの恨みがましい鳴き声が聞こえた。

※この作品はフィクションです。実在の人物・団体・事件などにはいっさい関係ありません。

集英社オレンジ文庫をお買い上げいただき、ありがとうございます。
ご意見・ご感想をお待ちしております。

● あて先
〒101-8050　東京都千代田区一ツ橋2-5-10
集英社オレンジ文庫編集部 気付
櫻川さなぎ先生

集英社
オレンジ文庫

恋衣神社で待ちあわせ

2015年5月25日　第1刷発行

著　者　櫻川さなぎ
発行者　鈴木晴彦
発行所　株式会社集英社
〒101-8050東京都千代田区一ツ橋2-5-10
電話【編集部】03-3230-6352
【読者係】03-3230-6080
【販売部】03-3230-6393（書店専用）
印刷所　凸版印刷株式会社

※定価はカバーに表示してあります

ISBN 978-4-08-680021-1 C0193